初陣

新剣客同心親子舟

鳥羽亮

時代小説文庫

角川春樹事務所

目次

初陣

新剣客同心親子舟

第一章　盗賊

一

「こっちですぜ」

頭巾《ずきん》で顔を隠した男が、店の脇を指差した。

道沿いにある大店《おおだな》の前に、六人の男が立っていた。いずれも闇に溶ける黒や茶の衣装だった。

すでに、真夜中の子《ね》ノ刻（零時）ちかかった。月は雲に隠れているらしい。雲間の星が、わずかな光を放っていた。

そこは、日本橋本町《ほんちょう》一丁目、表通り沿いにある増田屋《ますだや》という呉服屋の前である。

「辰造《たつぞう》、行くぞ」

大柄な男が、声をかけた。六人のなかの親分格かもしれない。辰造と呼ばれたのは、さきほど店の脇を指差した男である。

辰造と大柄な男につづいて、四人の男が増田屋の脇にむかった。六人のなかにふたり、小袖《こそで》と裁着袴《たっつけばかま》で、刀を差した男がいた。ふたりとも、武士らしい。

六人の男は増田屋の脇をたどり、裏手にまわった。店の裏手には、板塀がめぐらしてあった。狭いが、踏み固められた空地になっている。増田屋の背戸から店に出入りする者も、すくなからずいるようだ。

六人の男は、背戸の前に集まった。

「やれ！」

大柄な男が言った。

すると、辰造の脇にいたがっちりした体軀《たいく》の男が、手にしていた布袋から鉈《なた》を取り出した。

男が鉈をふるうと、バキッ、という音がし、板戸の一枚が割れた。男は聞き耳を立てて店のなかの様子を窺《うかが》ってから、割れた板戸の隙間《すきま》から手を突っ込んだ。すると、板戸の向こうで、コトッ、というわずかな音が聞こえた。

男は板戸から手を抜き、

「心張り棒が、外れやした」

と、声をひそめて言い、板戸を引いた。

板戸はすぐにひらいた。店の中は真っ暗だった。暗くてはっきりしないが、台所になっているらしい。

「宗次郎《そうじろう》、蠟燭《ろうそく》に火を点《つ》けろ」

大柄な男が、そばにいた小柄な男に小声で言った。

「へい」

宗次郎は、手にしていた火《ひ》もらい桶《おけ》を膝先に置いた。

火もらい桶は焼き物でできていて、なかに炭火が入っていた。火打石《ひうちいし》を打って、付け木に火を点けるのは大変だが、火もらい桶があれば、近所で消炭《けしずみ》に火を移してもらうことができるのだ。

宗次郎は、桶のなかの炭火で蠟燭に火を点けた。そして、自分が手にしていた提灯《ちょうちん》の蠟燭にも点火した。

蠟燭の火で、辺りが明るくなった。

「踏み込むぞ」

大柄な男が、声をひそめて言った。

提灯を手にした宗次郎が先に立ち、辰造がつづいた。四人の男は、ふたりの後についていく。

店の裏手は、やはり台所だった。宗次郎の手にした提灯の灯《ひ》が台所を照らすと、流し場や竈《かまど》などが、闇のなかにぼんやりと浮かび上がった。ひっそりとして、人のいる気配はない。

土間につづいて狭い板間があり、茶碗《ちゃわん》、皿、丼などが置かれた棚があった。

「こっちだ」

宗次郎は、土間から板間に上がった。どうやら、店のなかのことを知っているらしい。事前に探ってあったのだろう。

宗次郎につづいて、五人の男が板間に踏み込んだ。板間の先が廊下になっている。

男たちは、足音を立てないように忍び足で、店の表にむかった。

廊下沿いに店の手代《てだい》や丁稚《でっち》などの部屋があるらしく、障子越しに鼾《いびき》や夜具を撥《は》ね除《の》ける音などが聞こえた。

廊下の先は、広い座敷になっていた。そこが、呉服売り場である。日中なら、手代や丁稚などが、着物を買いに来た客とやり取りしているが、いまは人影もなく闇につつまれている。

その売り場の左手の奥が、帳場になっているらしい。帳場格子《ごうし》が立てられ、帳場机があった。店をひらいているとき、帳場は番頭のいる場である。帳場机の後ろには、小《こ》箪笥《だんす》と印鑑箱などが置いてあった。

「内蔵の鍵は、小箪笥にありやす」

宗次郎が小声で言った。

すると、脇にいた辰造が、すぐにその場を離れ、帳場格子の向こうにまわって小箪笥をあけた。そして、鍵を手にしてもどってくると、

「伝蔵《でんぞう》親分、内蔵の鍵はこれですぜ」

そう言って、手にした鍵を見せた。

一味の親分は、伝蔵という名らしい。もっとも、一緒にいるふたりの武士は、子分ではないだろう。用心棒のような立場かもしれない。

「内蔵をあけて、金を運び出せ」

伝蔵が言った。

その場にいた辰造とふたりの男、それに武士が一人くわわり、四人で帳場の脇から裏手にむかった。帳場に残ったのは、伝蔵と長身の武士のふたりである。

「こっちでさァ」

宗次郎が先に立って、廊下を奥にむかった。

その廊下はさきほど板間から表に来た廊下とは別で、奥にむかって進むと、正面に

襖《ふすま》が立ててあった。部屋があるらしい。その部屋の前が、狭い板間になっていた。

辰造たちは、足音を忍ばせて板間まで来た。襖を立てた部屋はひっそりとして、人のいる気配はなかった。

辰造たちは、左手に目をやった。

板間の先が、内蔵になっていた。錠がかけられている。

辰造たちは、内蔵の前に立った。そして、辰造が持ってきた鍵で内蔵の錠をあけた。

内蔵のなかには千両箱がふたつ、それに、小銭箱、証文箱、印鑑箱などがあり、帳簿類なども積まれていた。

「千両箱だけで、いいぞ」

武士が男たちに小声で言った。

板間に運び出して千両箱をあけて見ると、ひとつには小判がぎっしり詰まっていたが、もうひとつは、すこししか入ってなかった。二、三百両しかないだろう。

「ふたつとも運び出せ！」

武士が声をかけた。

武士が先に立ち、辰造たちが廊下を帳場にむかって歩き出した。そのとき、廊下沿いの部屋の障子があいて、男がひとり姿を見せた。手代らしい。寝間《ねまき》着姿である。厠《かわや》にでも、起きたようだ。

すかさず、武士が刀を抜いた。手代が気付いて大声を出したら、店の奉公人たちが目を覚まし、大騒ぎになるとみたらしい。

手代は背後から近付いてくる足音に気付いたらしく、足をとめて振り返った。そこへ、武士が踏み込み、手にした刀を一閃《いっせん》させた。素早い動きである。

切っ先が、手代の首から背にかけて切り裂いた。

手代は血を飛び散らせながらよろめき、足がとまると、腰から崩れるように倒れた。

廊下に俯《うつぶ》せになった手代は、低い呻《うめ》き声を上げ、首を擡《もた》げて身を起こそうとした。だが、いっときすると、ぐったりとなった。首から流れ出た血が、赤い布を広げるように廊下を染めていく。

「表に、行くぞ」

武士が声をかけ、仲間のいる売り場にもどった。

六人の賊は、すぐに動いた。千両箱ふたつを持ち、表通りに面した店の脇のくぐり戸をあけて、夜闇につつまれた通りに出た。

六人の賊は、人影のない表通りを走っていく。

二
「父上、一手、御指南を！」

長月菊太郎《ながつききくたろう》が、縁側にいる隼人《はやと》に歩を寄せて言った。

菊太郎は八丁堀《はっちょうぼり》にある町奉行所同心の組屋敷の庭で、木刀を手にし剣術の稽古をしていたのだ。稽古といっても相手がいないので、木刀の素振りや脳裏に描いた敵に対しての打ち込みなどである。

菊太郎は、二十歳《はたち》。奉行所に出仕するようになって七年目である。身分は、本勤《ほんづとめ》だった。

町奉行の同心の役格は、年寄から順に十一格に分かれていた。本勤は上から八番目の役柄である。

四年前まで、父親の隼人が町奉行所の隠密廻《おんみつまわ》り同心をしており、菊太郎は見習《みならい》の身だった。見習は下から二番目の役柄で、もっとも身分の低い無足《むそく》見習より格がひとつだけ上だった。わずかばかりだが、報酬も与えられる。

四年前、隼人が隠密廻りの役職から身を引くと同時に、菊太郎は見習から二つ格上の本勤に抜擢《ばってき》されたのだ。一人前の同心として、認められたと言ってもいい。その後、るようになった。

菊太郎は定廻《じょうまわ》り同心になり、市中で起こった事件の探索や下手人の捕縛《ほばく》などにもあた

「久し振りで、一汗かくか」

そう言って、隼人は縁側に置いてあった木刀を手にして庭に出た。

隼人は老いてはいたが、直心影流《じきしんかげりゅう》の達人だった。若いころ、本所亀沢町《ほんじょかめざわちょう》にあった直心影流の団野《だんの》道場に通って稽古に励んだのだ。

道場主の団野源之進《げんのしん》は、直心影流の十二代を継いだ男である。

庭には、初夏の陽射《ひざ》しが満ちていた。

隼人は菊太郎と対峙《たいじ》し、

「さァ、打ち込んでこい！」

と、声をかけ、青眼《せいがん》に構えた木刀の先を菊太郎の目にむけた。腰の据わった隙《すき》のない構えである。

オオッ！

菊太郎は声を上げざま、木刀を青眼から真っ向へ振り下ろした。

すかさず、隼人が木刀を袈裟《けさ》に払った。一瞬の太刀《たち》捌《さば》きである。

カッ、と木刀の音がひびき、菊太郎の木刀が払われた。勢い余った菊太郎は前に泳

ぎ、足がとまると、反転して木刀を隼人にむけた。

「いま、一手！」

菊太郎が声を上げた。

「オオッ！」

隼人は、ふたたび木刀を青眼に構えた。

菊太郎は素早い動きで踏み込み、鋭い気合とともに木刀を袈裟に打ち込んだ。

隼人は木刀を振り上げて菊太郎の木刀を受けると、身を引きざま木刀を横に払った。

素早い動きである。

咄嗟《とっさ》に、菊太郎は一歩身を引いた。

隼人の木刀の先は、菊太郎の胴をかすめて空を切った。

隼人は菊太郎から身を引くと、

「菊太郎、よくかわしたな」

そう言って、笑みを浮かべた。

「まだ、駄目です。……父上、もう一手！」

菊太郎がそう言って、木刀を隼人にむけた。

そのとき、組屋敷の木戸門の方から近付いてくる足音が聞こえた。見ると、岡っ引きの利助《りすけ》が庭に入ってきた。何かあったらしく、ひどく急いでいた。利助は、菊太郎が手札を渡している岡っ引きである。

利助は、四十代半ばだった。隼人が同心として事件の探索にあたっているころから、手先だった腕利きである。利助は、隼人と菊太郎の親子二代に亘《わた》って、仕えることになる。

「利助、何かあったのか」

菊太郎が訊《き》いた。

「押し込みでさァ」

利助が昂《たかぶ》った声で言った。

「どこだ」

菊太郎が身を乗り出して訊いた。隼人も、利助を見つめている。

「日本橋の本町二丁目でさァ。増田屋ってえ呉服屋に押し入ったようですぜ」

利助は、足踏みしていた。すぐにも、現場へむかいたいようだ。

「戸口で、待っていてくれ。すぐに仕度する」

菊太郎はそう声をかけ、廊下へ上がった。

隼人は、その場に残り、

「殺された者が、いるのか」

と、利助に訊いた。

「へい、手代がひとり殺されたそうで」

「大きな事件《やま》だ」

隼人の顔が、引き締まった。八丁堀の同心として事件にかかわっていたころのことを思い出したのかもしれない。

「隼人の旦那も、行きやすか」

「やめておこう。おれは、隠居の身だ」

隼人が、苦笑いを浮かべて言った。

隼人と利助が、そんなやり取りをしていると、戸口に近付いてくる足音が聞こえた。菊太郎らしい。

「隼人の旦那、また寄らせていただきやす」

利助はそう言い残し、小走りに戸口にむかった。隼人も、利助の後につづいた。

戸口から出てきたのは、菊太郎と母親のおたえだった。菊太郎は座敷で着替えたらしく、小袖を着流し、黒羽織《くろばおり》の裾を帯に挟んでいた。巻羽織《まきばおり》と呼ばれる八丁堀同心独特の格好である。

菊太郎は、大刀だけを腰に差していた。通常、八丁堀同心は、下手人を生け捕りにすることが求められているので、刃引きの長脇差《ながわきざし》を腰に帯びることが多かった。ところが、菊太郎はあえて大刀を腰に帯びた。父親の隼人と同じである。

隼人は、生け捕りにしたいとき、峰《みね》打ちにすればいいと思っていた。それに相手が剣の遣い手だと、峰打ちにしようとすると、後れをとることがあるのだ。

菊太郎も隼人と同じ考えで、大刀を腰に差したのだ。

隼人は現役だったころ、斬れ味の鋭い、愛刀の兼定《かねさだ》を帯刀して事件の探索や下手人の捕縛などにあたった。兼定は刀鍛冶《かたなかじ》の名匠である。

「父上、母上、行ってきます」

菊太郎が、父母に声をかけた。

「菊太郎、無理をしないでね」

おたえが、心配そうな顔で言った。町奉行所の同心として一人前になった菊太郎だが、おたえは、心配でならないらしい。

「おたえ、心配するな。菊太郎は、一人前の同心だぞ」

隼人が苦笑いを浮かべて言った。

菊太郎は、隼人とおたえに見送られて、利助とともに組屋敷の木戸門から表通りに出た。

三

菊太郎と利助は、八丁堀を抜けて楓川《かえでがわ》にかかる海賊橋《かいぞくばし》を渡り、賑《にぎ》やかな日本橋のたもとに出た。そして、橋を渡った。渡った先は、室町《むろまち》一丁目である。

事件のあった日本橋の本町一丁目は、室町の先である。菊太郎たちは、大勢の人が行き来する通りを北にむかい、本町二丁目に出た。

「菊太郎の旦那、こっちですぜ」

利助が先に立って、左手の通りに入った。利助は隼人の手先だったこともあり、隼人の旦那、菊太郎の旦那、と呼び分けている。

「あそこだ！」

利助が前方を指差して、声を上げた。

「よし、行こう」

菊太郎は歩を速めた。

通り沿いに、二階建ての大きな店があった。その店の戸口に、大勢の人だかりができている。通りすがりの野次馬が多いようだが、岡っ引きや下っ引きらしい男の姿もあった。

店の表戸はしまっていたが、隅《すみ》の戸が一枚だけあいていて、そこから店に出入りしているらしい。

菊太郎と利助が戸口に足をむけると、店の前の人だかりのなかにいた男がひとり、小走りに近付いてきた。

「旦那、綾次《あやじ》ですぜ」

利助が言った。

綾次は数年前まで、利助の下っ引きをしていた男である。そのころは独り暮らしだったが、今は岡っ引きとして自立し、嫁ももらっている。

「菊太郎の旦那、手代がひとり、盗賊に殺されたそうですぜ」

綾次が、菊太郎に身を寄せて言った。

「ともかく、店に入って話を聞いてみよう」

菊太郎はそう言った後、

「ふたりは、近所で聞き込んでみてくれ。昨夜《ゆうべ》の賊を目にした者がいるかもしれん」

と、利助と綾次に目をやって言った。

「承知しやした」

利助がそう言い、ふたりはその場から離れた。

ひとりになった菊太郎は、増田屋の表戸が一枚あいている場に足をむけた。近くにいた御用聞きや下っ引きたちは、菊太郎の姿を目にすると慌てて身を引いた。菊太郎の身装《みなり》から、八丁堀同心と知れたのだ。

菊太郎は、増田屋の店内に入った。土間の先に、呉服売り場が広がっていた。売り場には、野次馬たちが集まり始めていた。

男たちは、呉服売り場のあちこちに立って話をしていた。御用聞きや下っ引きたちが、店の奉公人から事件のことを訊いているのだ。

座敷の奥の帳場の近くには、八丁堀同心がいた。北町奉行所《きたまちぶぎょうしょ》の同心である。菊太郎は顔を知っていたが、話したことはなかった。

菊太郎は土間の近くにいた手代らしい男に身を寄せ、

「手代が、殺されたそうだな」

と、小声で訊いた。

「そこの廊下を入った先です」

手代が、奥につづく廊下を指差して言った。顔が、強張《こわば》っていた。事件の衝撃が、顔にあらわれている。

菊太郎は、廊下に足を運んだ。廊下の先を見ると、すこし離れた場所にも男たちが集まっていた。店の奉公人や御用聞き、それに八丁堀同心の姿もある。北町奉行所の北沢《きたざわ》という定廻り同心である。

菊太郎は、北沢と事件現場で何度か顔を合わせたことがあったが、話したことはなかった。

菊太郎が近付くと、集まっていた奉公人や御用聞きたちが慌てて身を引いた。菊太郎の身装から、八丁堀同心と知れたからだろう。

すると、北沢が身を引き、

「殺されているのは、手代の房次《ふさじ》だ」

そう言い残し、表の売り場の方にむかった。

菊太郎は、廊下に俯せになっている男に目をやった。男は寝間着姿である。出血が激しく、辺りは真っ赤な血で染まっている。

「刀で、一太刀か!」

菊太郎が昂った声で言った。

房次は、首から背にかけて一太刀で仕留められていた。下手人は、房次の背後から斬ったらしい。腕の立つ武士とみていい。背後からとはいえ、一太刀で仕留めるのは、むずかしいのだ。

「房次は、いつ斬られたのだ」

菊太郎は、そばに立っていた手代らしい男に訊いた。

「て、てまえは、眠っていて気がつきませんでした。房次は、昨夜遅く厠に起きたとき盗賊と鉢合わせして、こんなことになったのではないかと……」

男が、声をつまらせて言った。

「そうか」

菊太郎も、横たわっている房次が寝間着姿であることから、厠にでも行こうとして、盗賊と鉢合わせしたのだろうと思った。

菊太郎は房次のそばから離れ、呉服売り場にもどった。

……天野《あまの》どのがいる！

菊太郎は、胸の内で声を上げた。

帳場の近くの人だかりのなかに、天野玄次郎《げんじろう》の姿があった。天野は南町奉行所の定廻り同心である。

これまで、天野は菊太郎の父親の隼人とともに探索にあたり、多くの事件を解決してきた。むろん、菊太郎も天野と一緒に事件にあたってきた。また、天野の住む組屋敷が、長月家と近いこともあって、両家は親戚のような付き合いをしていた。

菊太郎は、帳場に足をむけた。人だかりに近付いたところで、天野が菊太郎に気付き、「菊太郎さん、ここへ」と言って、手を上げた。

菊太郎は、すぐに天野に身を寄せた。

「内蔵が破られたようだ」

天野が小声で言った。

「賊は、内蔵をどうやってあけたんですか」

菊太郎は、天野の耳元に顔を寄せて訊いた。近くにいる者たちに聞こえないよう気を遣ったのだ。

「帳場机の後ろに小簞笥があるだろう」

天野が指差して言った。

「はい」

「小簞笥に入れてあった内蔵の鍵を持ち出したらしい」

「賊が持ち出したのでしょうか」

「そうみていい。昨夜、廊下で賊に殺された手代の房次の他に、奉公人で部屋を出た者はいないのだ。房次は厠に起きたときに、賊に殺されたらしい。……賊は内蔵へ行くときか帰りか、偶然、廊下で房次と鉢合わせしたのだろう。賊が鍵のある場所を房次から聞いたとは、考えにくい」

天野が、断定するように言った。

「すると、賊は踏み込む前から、内蔵の鍵のある場所を知っていたことになりそうですね」

「今のところ、そうみるしかないな」

天野は首を捻《ひね》った。天野にも、まだはっきりしたことは分からないようだ。

菊太郎は、いっとき黙っていたが、

「それで、奪われた金はどれほどか、分かりますか」

と、小声で天野に訊いた。

「千、二、三百両らしい」

「大金だ！」

菊太郎の声が、大きくなった。

それから、菊太郎は近くにいた手代にあらためて昨夜のことを訊いたが、新たなことは知れなかった。

四

菊太郎は、表戸のあいているところから店の外に出た。

店の戸口近くには、通りすがりの者、岡っ引き、下っ引きなどが集まっていたが、利助と綾次の姿はなかった。

菊太郎は戸口近くの人込みから離れ、店の脇に立って、利助と綾次がもどるのを待った。

それから、小半刻（三十分）も経《た》ったろうか。通りの先に、利助と綾次の姿が見えた。ふたりは何やら話しながら歩いていたが、菊太郎の姿を目にしたらしく、小走りになった。

ふたりは、菊太郎のそばまで来ると、

「あ、あっしらを、待ってたんですかい」

利助が、声をつまらせて訊いた。

「店のなかで、話を聞き終えたのでな」

菊太郎は、利助と綾次に目をやり、

「何か知れたか」

と、声をあらためて訊いた。

「へい！」

利助が声を上げた。

「話してくれ」

「昨夜、遅く、増田屋の近くを通りかかった夜鷹蕎麦《よたかそば》の親爺《おやじ》に聞いたんですがね」

利助はそう前置きして、話し出した。

利助が聞いた話によると、夜鷹蕎麦の親爺は、昨夜遅く増田屋の近くを通りかかり、戸口近くに何人かの人影があるのを目にしたという。

「暗くて、はっきりしなかったそうだが、六人いたようで」

利助が言った。

「賊は六人か！」

菊太郎の声が大きくなった。

「決め付けられねえが、盗賊とみていいようで」

「それで、どうした」

菊太郎が、話の先をうながした。

「賊のなかに、二本差しがいたようです」

「武士がいたのか」

「親爺の話だと、刀を差している男が、ふたりいたそうでさァ」

「ふたりか」

菊太郎が訊き返した。

「親爺は、そう言ってやした」

「手代の房次を斬ったのは、ふたりの武士のうちのひとりだな」

菊太郎の顔が、厳しくなった。

「あっしらが、聞き込んだのは、それだけで」

利助が言うと、そばにいた綾次がうなずいた。

次に口をひらく者がなく、その場が静まると、

「どうだ、近所で聞き込んでみるか。賊が増田屋に踏み込んだのは夜遅くだろうから、見掛けた者はほとんどいないだろう。……ただ、昨夜より前に、店を探っていた者がいるかもしれない」

菊太郎が話した。

「あっしらは、近所の店に立ち寄って話を聞きやした。すこし離れた場所でも、訊いてみやすか」

「それがいい」

　菊太郎は表通り沿いにある大店ではなく、近くの路地にある小体《こてい》な店で訊いてみようと思った。

　菊太郎たちは、一刻（二時間）ほどしたら、増田屋の前に戻ることにし、その場で分かれた。

　ひとりになった菊太郎は、表通りの先に目をやり、

……両替屋の脇の道に、入ってみるか。

と、胸の内でつぶやいた。

　一町ほど先に、両替屋があった。店の脇に小径《こみち》があり、土地の住人と思われる者が出入りしている。

　菊太郎はその小径に入り、住人らしい人物に訊いてみようと思った。増田屋に押し入った盗賊の姿は見ていなくても、盗賊のことで、何か耳にしているかもしれない。

　菊太郎は、両替屋の脇の路地に入った。

　路地沿いには、小体な蕎麦屋、下駄屋《げたや》、一膳めし屋などが並んでいた。人通りはすくなく、子供連れの女や年寄りなどが目についた。おそらく、男たちは働きに出ているのだろう。

菊太郎は、下駄屋の親爺が店先の台に下駄を並べ変えているのを目にして足をとめた。親爺に、訊いてみようと思ったのである。

菊太郎は親爺に近付き、

「ちと、訊きたいことがあるのだがな」

と、声をかけた。

親爺は、赤い綺麗《きれい》な鼻緒をつけた下駄を手にしたまま、

「何です」

と、首を竦《すく》めて応えた。困惑の色がある。声をかけてきたのが、その身装から八丁堀の同心と知れたからだろう。

「増田屋に盗賊が入ったのを知っているか」

菊太郎が訊いた。

「知ってやす」

「盗賊のことで、何か耳にしていることはあるか。噂《うわさ》でもいい」

「近所に住む政吉《まさきち》ってえ男から聞いたんですがね。飲んだ帰《けえ》りに、増田屋の近くで、遊び人ふうの男が、店に目をやっているのを見掛けたと言ってやした」

親爺が、身を乗り出して言った。

「いつのことだ」

「政吉から聞いたのは、二日前でさァ」

「その政吉は、どこに住んでいるのだ」

菊太郎は、政吉に直接話を聞いてみたいと思った。

「いったん、表通りに出やしてね、増田屋に行くのとは反対方向に一町ほど歩くと、通り沿いに蕎麦屋がありやす。蕎麦屋の脇の道を入《へえ》ると、すぐに八百屋がありやして、その店の親爺が、政吉でさァ」

「手間をとらせたな。これから行って、政吉に訊いてみる」

菊太郎はそう言って、下駄屋の前から離れた。

菊太郎は親爺から聞いたとおり、蕎麦屋の脇の道に入った。その道沿いに、八百屋があった。

八百屋の前に、利助と綾次の姿が見えた。ふたりは、八百屋の店先で政吉らしい男から話を聞いていた。

菊太郎は路傍に立って、利助たちがその男から話を聞き終えるのを待つことにした。

菊太郎がその場に立っていっときすると、利助がその男に何やら声をかけ、綾次とふたりで店先を離れた。

利助と綾次は菊太郎に気付かないらしく、何やら話しながら菊太郎のいる方へ歩いてくる。

綾次が、路傍に立っている菊太郎を目にしたらしい。綾次は利助に声をかけ、ふたりして走り出した。

利助たちは菊太郎の前まで来ると、足をとめ、

「だ、旦那も、八百屋の親爺に訊きに来たんですかい」

と、肩で息をしながら訊いた。

「そうだ。来てみたら、ふたりが八百屋で話を聞いているのを目にしてな。話が終わるのを待っていたのだ」

「じつは、盗賊のことで、知れたことがありやした」

利助が言った。

「話してくれ」

菊太郎はそう言って、表通りの方へゆっくりと歩き出した。利助と綾次が、菊太郎の後ろについてくる。

「三日前、政吉は増田屋の斜向《はすむ》かいにある瀬戸物屋の脇から、増田屋の方に目をやっていた遊び人ふうの男を見掛けたそうでさァ」

利助が言った。

「それで」

菊太郎は、話の先をうながした。

「その遊び人に、通りかかった二本差しが何やら声をかけ、ふたりで何か話していたそうです」

「その武士も、盗賊一味だな」

菊太郎が、口を挟んだ。

「あっしも、そうみやした」

「それで、ふたりはどうした」

菊太郎が、話の先をうながした。

「それが、政吉が目にしたのは、そこまでだそうで……」

利助が、肩を落として言った。今後の探索に、それほど役立つ情報ではないと思ったらしい。

菊太郎はいっとき口をつぐんだまま歩いていたが、

「盗賊を探るのは、これからだな」

と、利助と綾次に目をやって言った。

五

「菊太郎の旦那、これからどうしやす」

利助が、菊太郎に顔をむけて訊いた。

「まだ、八丁堀に帰るのは、早いな」

菊太郎は、上空に目をやった。陽は、まだ高かった。八ツ（午後二時）ごろではあるまいか。

「増田屋に、もどろう。まだ、盗賊がどこから店に入ったのか摑《つか》んでいないのだ」

菊太郎が言った。店の表戸を壊して侵入したような痕跡《こんせき》はなかったし、店の奉公人が戸締まりを忘れるとも思えない。もう一度現場を見ておくべきだと思ったのだ。

菊太郎たちは来た道を引き返し、増田屋にもどった。店の前には、まだ野次馬たちが集まっていた。出入口近くには、御用聞きたちの姿もある。

「旦那、あっしらは、店の外で聞き込んでみやす」

利助が、菊太郎に身を寄せて言った。

「そうしてくれ」

菊太郎は利助たちと離れ、ひとりで店内に入った。

店内には、増田屋の奉公人たちや岡っ引きたちの姿があった。さきほど店を出たときより、人数が多くなっている。

菊太郎は、呉服売り場のなかほどにいる天野を目にとめた。天野は、店の手代らしい男から話を聞いている。

菊太郎は天野に近付くと、手代との話が終わるのを待って、

「天野さん、訊きたいことがあるのですが」

と、小声で言った。

「なんだ」

「まだ、賊がどこから入ったか、摑んでいないのです」

「侵入口か」

「そうです」

「裏手だ。賊は背戸を壊して入ったらしい。……見てくるといい」

天野はそう言うと、戸口の方に足をむけた。天野は手先を連れて、近所で聞き込みにあたるのかもしれない。

菊太郎は廊下を通り、増田屋の裏手にまわった。店の裏手は、台所になっていた。流し場や竈などがある。竈の脇に、背戸があった。その前で、三人の男が何やら話し

ていた。岡っ引きがふたり、それに手代らしい男がひとりである。

菊太郎が三人に近付くと、年配の岡っ引きが、

「八丁堀の旦那、あっしらは、店の表にもどりやす」

と、菊太郎に言って、仲間の岡っ引きを連れてその場を離れた。

菊太郎は岡っ引きがその場から離れると、

「手代か」

と、土間に立っている男に訊いた。

「手代の峰次郎《みねじろう》です」

男が、強張った顔で名乗った。肩先が、かすかに顫《ふる》えている。八丁堀同心とふたりきりで、顔を合わせたからだろう。

「賊は、背戸から入ったらしいな」

菊太郎が言った。

すると、峰次郎は体を後ろにむけ、「ここです」と言って、背戸を指差した。

菊太郎は、背戸に目をやった。板戸の一枚が割れ、穴ができていた。土間に、心張り棒が転がっている。

「ここを壊し、手を突っ込んで、心張り棒を外したか」

菊太郎が、昂った声で言った。

「はい、そのようです」

峰次郎の声が、震えている。盗賊が台所に踏み込んでくる様子が、胸に過《よぎ》ったのだろう。

「賊は店の裏手にまわり、背戸を破って店に入ったのか」

菊太郎は、土間に落ちた心張り棒を見つめて言った。

「てまえたちは眠っていて、戸を破る音に気付きませんでした」

峰次郎が、肩を落として言った。

「台所の裏手は、どうなっているのだ」

菊太郎は、土間にあった下駄を履き、背戸から外を覗《のぞ》いてみた。

峰次郎も菊太郎のそばに来て、背戸の外に目をやっている。

店の裏手は、板塀がめぐらしてあった。ただ、板塀と増田屋との間は狭いが、踏み固められた空地になっていた。

「峰次郎、板塀と店との間をたどれば、表の通りに出られるのではないか」

菊太郎が訊いた。

「出られます。……ただ、奉公人は板塀との間を通って出入りすることは滅多にありません」

「盗賊は、背戸から押し入ったのだな」

菊太郎は、つぶやくような声で言った。胸の内で、盗賊は背戸から押し入ったにちがいない、と確信した。

菊太郎は台所から出ると、廊下を通って売り場にもどった。天野に、背戸のことを話しておこうと思ったが、天野の姿はなかった。天野は連れてきた手先とともに、店から出たようだ。手先たちと近所で聞き込みにあたっているのかもしれない。

菊太郎は売り場から外に出ると、戸口近くに集まっている男たちに目をやった。まだ、利助と綾次の姿はなかった。

菊太郎は野次馬たちの多い戸口近くから離れ、利助と綾次がもどるのを待った。いっときすると、通りの先に利助と綾次の姿が見えた。ふたりは、小走りになった。菊太郎の姿を目にしたらしい。

菊太郎は利助と綾次が近付くのを待って、

「どうだ、何か知れたか」

と、ふたりに目をやって訊いた。

「綾次、先に話してくれ」

利助が言った。

「三日前、瀬戸物屋の脇から、増田屋の方に目をやっていたという遊び人ふうの男ですが、店の脇から裏手を覗いていたようですぜ」

綾次が、増田屋の向かいにある薬種店《やくしゅだな》の主人に聞いたことを言い添えた。

「賊は前々から増田屋へ忍び込むために探っていたのだ」

菊太郎の声が、大きくなった。

「あっしも、そうみやした」

利助が、身を乗り出して言った。

六

菊太郎と隼人は、長月家の庭に面した座敷にいた。菊太郎が利助たちとともに増田屋へ行き、事件のことを調べた翌日である。

隼人は菊太郎から増田屋に押し入った盗賊のことを一通り聞くと、

「一筋縄ではいかない賊のようだ」

そう言って、厳しい顔をした。

「増田屋の奉公人や近所の住人たちから話を聞きましたが、賊とつながるような手掛かりは、掴めませんでした」

菊太郎が、眉を寄せて言った。

「うむ……」

隼人は、口をとじたまま虚空《こくう》を睨《にら》むように見据えている。

「賊のなかに武士もいたようですが、父上、心当たりはありませんか」

菊太郎が、隼人を見つめて訊いた。

「ない」

隼人はそう言った後、いっとき記憶をたどるような顔をしていたが、何か思いついたのか、菊太郎に顔をむけ、

「飲み屋の又造《またぞう》に、訊いてみるか」

と、声高《こわだか》に言った。

「又造という男は、何か事件とかかわりがあるのですか」

菊太郎は、又造という男を知らなかった。

「小舟町《こぶなちよう》で、飲み屋をやっている男でな。その飲み屋には、遊び人やならず者などがよく顔を出すのだ。なかには、盗人《ぬすっと》だった男もいるらしい。……それで、盗人の噂も耳に入るようだ」

隼人が小声で言った。

「これから、行きますか」

菊太郎が、意気込んで言った。

「そうだな。……家にいても、やることがないからな」

隼人はそう言った後、「久し振りに、ふたりで、一杯やってもいいな」と菊太郎に声をかけて、腰を上げた。

菊太郎と隼人は、おたえに見送られて八丁堀の組屋敷を出た。

ふたりがむかった先は、小舟町二丁目だった。小舟町は、一丁目から三丁目まで入堀沿いに広がっている。

菊太郎たちは、八丁堀から楓川にかかる海賊橋を渡って北にむかい、日本橋川にかかる江戸橋を渡った。そして、堀にかかる荒布橋《あらめばし》を渡った先のたもとを左手に折れた。堀沿いの道を北にむかえば、小舟町に出られる。

「この先だ」

隼人が、先に立ってしばらく歩くと、ふたりは小舟町二丁目に入った。

「たしか、そこの料理屋の先だったな」

隼人が、道沿いにあった二階建ての料理屋を指差して言った。

料理屋から半町ほど歩くと、通り沿いに小体な飲み屋があった。腰高障子《こしだかしょうじ》に、「さけ」「めし」と大書してあった。酒だけでなく、めしも出すらしい。

「入ってみよう」

隼人が、腰高障子をあけた。

店のなかの土間に、飯台が置いてあった。その両側に、腰掛け代わりの空樽《あきだる》が並べてある。

客が、ふたりいた。どちらも職人ふうの男である。ふたりは飯台を前にして座っていた。

隼人と菊太郎が店に入ると、ふたりの客は話をやめた。黙ったまま、手酌《てじゃく》で飲んでいる。隼人たちは、八丁堀の同心と知れる格好で来なかったが、武士体《てい》だったので、警戒したようだ。

そのとき、右手の奥の板戸がひらき、手拭いを肩にかけた男がひとり姿を見せた。汚れた前垂れをかけている。店の親爺の又造である。

「いらっしゃい」

又造が、隼人たちに声をかけた。顔に戸惑うような表情があった。久し振りにやってきた隼人が、八丁堀の同心ふうの格好でなく、小袖に袴姿だったからだろう。それに、又造は菊太郎を知らなかった。

「又造、座敷は空いているか」

　隼人が訊いた。

「空いてやす。使ってくだせえ」

　又造が、首を竦めて言った。

「酒と肴《さかな》を頼む。肴は見繕ってくれ」

　隼人は酒肴《しゅこう》を頼むと、土間の奥にむかった。障子が立ててある。そこは、小座敷になっていた。客が望めば、小座敷でも酒を飲ませるのだ。

　隼人と菊太郎は、小座敷に入って腰を下ろした。いっときすると又造が、銚子《ちょうし》と肴を載せた盆を手にして小座敷に入ってきた。

　肴は、漬物と冷奴《ひややっこ》だった。

　又造は、隼人と菊太郎の膝先に銚子と肴を載せた盆を置き、

「長月の旦那、お久し振りで」

　と、愛想笑いを浮かべて言った。

「又造、訊きたいことがあってな」

　隼人が声をひそめて言った。

又造の顔から、愛想笑いが消えた。凄《すご》みのある顔である。客にならず者や遊び人などもいて、そうした男たちと付き合っているせいかもしれない。

「何です」

隼人が、訊いた。

「増田屋という呉服屋に押し入った賊のことを聞いているか」

「噂は耳にしやした」

そう言って、又造は隼人と菊太郎からすこし離れて、座敷に腰を下ろした。

「賊は六人だそうだな」

隼人は、さらに声をひそめた。

「あっしも、そう聞きやした」

「だれから聞いた」

「客が噂話をしているのを耳にしたんでさァ」

「六人のなかに、武士もいたようだが、それも知っているか」

「知ってやす」

「六人の賊に、心当たりはないか」

すぐに、隼人が訊いた。

「ねえ」

又造は首を横に振った。

「そうか」

隼人は、がっかりしたように肩を落とした。

いっとき、座敷は重苦しい沈黙につつまれたが、

「旦那、柳橋界隈《やなぎばしかいわい》で訊いてみたらどうです」

と、又造が小声で言った。

「何か、耳にしたのか」

「噂ですがね。……北町奉行所の旦那《た》が、御用聞《き》きを連れて柳橋を探っていたと耳にしやしたぜ」

「北町奉行所の同心がな。……それで、同心の名を聞いたか」

「聞いてねえ」

又造が、素っ気なく言った。

「そうか」

隼人は、いっとき間《ま》を置いた後、

「御用聞きの名は」

と、又造に目をやって訊いた。

又造は、戸惑うような顔をして口をつぐんでいたが、

「政次《まさじ》親分と聞きやした」

と、小声で言った。

「政次な」

隼人は、政次の名を知らなかったので、脇にいる菊太郎に、「知っているか」と小声で訊いた。

「後で、利助に訊いてみます」

菊太郎が言うと、隼人はちいさくうなずき、

「菊太郎も、何かあったら訊いてくれ」

と、声をかけた。

「増田屋に押し入った賊は店の裏手にまわり、背戸を破ったのだが、同じような手口で押し入る賊のことを耳にしたことがあるか」

菊太郎が、又造を見つめて訊いた。

又造は虚空《こくう》に目をやり、いっとき記憶をたどるような顔をしていたが、

「聞いてねえ」

と、言って、首を竦めた。

「盗人仲間で知られている賊では、ないようだ」

菊太郎が、つぶやくような声で言った。

それから、隼人と菊太郎は、酒を飲んでいっとき過ごした。もっとも、菊太郎はまだ喉を潤す程度しか、酒を飲まなかったので、もっぱら肴に手を伸ばしていた。

七

隼人が菊太郎とふたりで又造から話を聞いた翌日、めずらしく内与力《うちよりき》の松川弥之助《まつかわやのすけ》が、長月家の組屋敷に姿を見せた。

内与力は他の与力とちがって、奉行の家士《かし》のなかから選ばれ、奉行の秘書のような立場だった。奉行は、江戸市中で起こった事件や奉行所内の出来事などの情報を、内与力から得ることが多い。

隼人は戸口で松川と顔を合わせると、

「松川どの、何事でござるか」

と、驚いたような顔をして訊いた。

隼人は町奉行所の同心だったころ、内与力に呼ばれ、当時南町奉行だった跡部能登《あとべのと》守良弼《かみよしすけ》と会って、特別な任務を与えられることがあった。ただ、内与力が、同心の組屋敷まで足を運んでくることはなかった。

今、南町奉行は遠山景元《とおやまかげもと》である。

「お奉行は、長月どのと菊太郎のふたりに会って、話したいことがあるらしい。それがしと一緒にふたり来て、お奉行とお会いしては、いただけまいか」

松川が、困惑したような顔をして言った。同心の家に顔を出すのは、気が引けるのだろう。それに、隼人は役柄から身を引いているのだ。

「奉行所でござるか」

隼人が訊いた。

「そうだ」

「と、ともかく、家に入ってくだされ。この格好で、奉行所へは行けませぬ」

隼人が慌てて言った。隼人は、小袖に角帯《かくおび》姿だった。奉行所に行くには、それなりの身仕度をせねばならない。

「待たせてもらう」

松川は、隼人につづいて庭に面した座敷に入った。長月家では、そこが客用の座敷だったのだ。

隼人は松川に待ってもらい、菊太郎とふたりで奥の部屋へ行った。そこで、おたえに手伝ってもらって着替えた。

隼人と菊太郎は着替えを終えると、松川とともに南町奉行所にむかった。

松川は奉行所内にある同心詰所には寄らず、隼人たちを奉行の役宅に連れていった。役宅は、奉行所の裏手にあった。裏手といっても奉行所とつづいているので、奉行所内に住んでいると言ってもいい。

隼人と菊太郎は松川に連れられて、裏手の玄関から奉行の住む役宅に入った。

松川が隼人たちを連れていったのは、隼人が同心だったころ跡部と会っていた中庭に面した座敷である。

「ここで、お待ちくだされ。お奉行はすぐにお見えになる」

松川はそう言い残し、座敷から出ていった。

隼人と菊太郎は座敷に端座《たんざ》し、遠山が来るのを待った。

いっときすると、廊下を忙《せわ》しそうに歩く足音がして障子があいた。姿を見せたのは、遠山である。遠山は、北町と南町、両方の町奉行を務めることとなった人物である。

これはかなり異例なことで、そのような人物から呼び出しを受けたことに、隼人も菊太郎も、かなり驚いていた。

遠山は小袖に羽織姿だった。役宅で寛《くつろ》いでいたらしい。

「長月か、倅《せがれ》も一緒だな」

遠山は、隼人と菊太郎を見るなり言った。

「はい」

隼人が、低頭した。脇に座っている菊太郎も、隼人と一緒に頭を下げている。

「そう硬くなるな」

遠山は隼人と菊太郎を前にして、笑みを浮かべた。

遠山は面長《おもなが》だった。隼人と菊太郎にむけられた双眸《そうぼう》が、やり手の奉行らしい鋭いひかりを放っている。

「呉服屋が、盗賊に襲われたそうだな」

遠山が声をあらためて言った。

「はい」

菊太郎が答えた。

隼人は黙っている。隠居の身なので、今日は付き添いという立場である。

「大金が奪われ、奉公人が殺されたそうではないか」

遠山が言った。おそらく、内与力の松川が、事件のことを遠山の耳に入れたのである。

「手代がひとり、殺されました」

　菊太郎が言った。

「北町奉行所《きたまちぶぎょうしょ》でも、総力を挙げて探索にあたっておろうな」

「……………」

　菊太郎は無言でうなずいた。

「長月、探索にあたってくれ」

　遠山は、菊太郎と隼人のふたりに目をやって言った。遠山は、隼人にも探索にあたらせたいらしい。隼人は隠居の身ではあるが、剣の腕が立ち、これまで多くの事件の下手人を捕らえてきたことを承知しているのだ。

「はい！」

　と菊太郎が声を上げ、隼人は黙って頭を下げた。

「それからな、もしその相手が、手に余らば斬ってもよいぞ」

　遠山が言った。

　隼人は剣の達人で、下手人が刀を手にして立ち向かってくる場合、手に余ったと称して斬ることがあった。そのことを、遠山も知っていて、斬ってもよい、と口にしたのだ。

「隠居の身ですが、それがしもできるかぎりのことを致します」

隼人はそう言って、遠山に深く頭を下げた。

菊太郎も、隼人と同じように低頭した。

第二章　探索

一

おたえは、菊太郎と隼人を組屋敷の木戸門の前まで見送りに出て、

「ふたりとも、気をつけて」

と、声をかけた。

おたえは、菊太郎が父にかわって町奉行所の同心として任務にあたるようになってから、菊太郎だけを見送ることが多かった。ところが、今日は菊太郎だけでなく、隼人も一緒である。

おたえは、このところ、隼人と家のなかで顔を突き合わせて暮らしていた。それが、今日は隼人が現役の同心で、菊太郎が見習《みならい》だったときと同じようにふたりを見送ることになったのだ。

菊太郎は隼人と、紺屋町《こんやちょう》にある豆菊《まめぎく》という小料理屋に行くつもりだった。豆菊は、

岡っ引きの利助の店である。利助が事件にかかわっているときは、女房のおふくと義父の八吉《やきち》が、店をひらいている。八吉は老齢で腰も曲がっているが、店の手伝いはできるようだ。

利助は、八吉の実子ではなかった。子のない八吉が、八吉の下っ引きだった利助を、養子にもらったのである。

八吉にはおとよという女房がいたが、二年前に病死した。いまは、利助たち夫婦と三人暮らしである。

隼人と菊太郎は豆菊の前に立つと、店内に耳をかたむけた。客が多いようだったら、菊太郎だけ入って、利助を呼び出そうと思ったのだ。

「父上、客はいないようです」

菊太郎が言った。

店のなかは、静かだった。足音と流し場で水を使う音が聞こえるだけである。

隼人と菊太郎は、暖簾《のれん》をくぐって店に入った。小上がりの前に、色白の年増《としま》がいた。利助の女房の、おふくである。

「長月さま、いらっしゃい」

おふくが、声を上げた。名に似て、ふっくらした頰《ほお》をしている。

「利助と八吉は、いるかな」

隼人が訊《き》いた。

「おります。店に入ってください」

おふくは、隼人と菊太郎を店に入れた。すると、奥の板場から利助と八吉の声がし、すぐに、姿を見せた。

「隼人の旦那、お久し振りです」

八吉が、年老いて小さくなった目をさらに細めて言った。

利助は流し場にでもいたのか、濡《ぬ》れた両手を肩にかけた手拭いで拭いている。

「あたし、お茶を淹《い》れます」

おふくは、そう言い残し、板場にもどった。

「ふたりとも、腰を下ろしてくだせえ」

八吉が、小上がりに手をむけた。

八吉の髪は真っ白で、顔は皺《しわ》だらけである。今は、歩くのもやっとなほど年老いているが、隼人から手札をもらって長い間、岡っ引きをしていたのだ。そのころは、「鉤縄《かぎなわ》の八吉」と呼ばれる腕利きの岡っ引きだった。

鉤縄というのは、特殊な捕物道具だった。細引《ほそびき》の先に、熊手のような鉤《かぎ》がついている。その鉤を捕縛《ほばく》しようとする相手に投げ付け、着物に引っ掛けて引き寄せ、取り押さえるのである。また、強力な武器にもなった。鉤を相手の顔や胸などに投げ付けて斃《たお》すこともできる。

数年前から、利助は八吉から鉤縄の指南を受けており、近ごろは捕物のときは鉤縄も持参しているらしい。

隼人と菊太郎は、小上がりに腰を下ろすと、

「綾次は、どうした」

と、隼人が訊いた。

「今日は、まだ姿を見せてねえが、そのうち店にくるはずでさァ」

利助が言った。

二年ほど前、綾次はおしのという娘を嫁にもらい、ふたりで近所の長屋に住んでいる。いまも、綾次は豆菊に顔を出すようだ。

隼人たちが話をしているところに、おふくが、湯飲みを載せた盆を手にしてもどってきた。隼人たちに、茶を淹れてくれたらしい。

おふくが、隼人たちの脇に湯飲みを置くと、

「すまんな」

隼人は、おふくに声をかけてから湯飲みに手を伸ばした。

おふくは、いっとき小上がりの近くに立っていたが、男たちが黙ったままだったので、

「何か、あったら声をかけてくださいね」

と、声をかけて、その場を離れた。男たちは、女の前では話しづらい事件のことを話しているのだと思い、気を利かせたようだ。

菊太郎は、おふくがその場を離れると、

「八吉、利助から話を聞いているか」

と、声をかけた。

隼人は、その場を菊太郎に任せるつもりらしく黙っている。

「聞いてやす」

八吉が、菊太郎に顔をむけた。

「それで、盗賊のことで何か思い当たることはないか」

さらに、菊太郎が訊いた。

「利助からも訊かれやしたが、思い当たる男はいねえんで」

そう言って、八吉は首を捻《ひね》った。

次に口をひらく者がなく、その場が沈黙につつまれたとき、

「事件とかかわりがあるかどうか……。この店に来た遊び人ふうの男が、話してたんですがね。八丁堀の旦那が、御用聞きと一緒に柳橋の料理屋から出てきたのを目にしたそうでさァ」

と、八吉がしわがれた声で言った。

そのとき、隼人が口を挟んだ。

「八丁堀の名は」

「あっしも、遊び人に八丁堀の旦那と御用聞きの名を訊いたんですがね。遊び人は、ふたりの名を知らなかったんでさァ。それだけの話なんで」

そう言って、八吉は視線を膝先に落とした。

「同心はだれか分からないが、事件のことで探りに行ったことはまちがいありません。同心が、御用聞きと一緒に柳橋の料理屋で、飲むはずはないですから」

菊太郎が言い、隼人と利助もうなずいた。

二

菊太郎はすこし温《ぬる》くなった茶を飲み干すと、

「これから、柳橋に行ってみませんか」

と、隼人と利助に目をやって言った。

「行きやしょう」

利助が言うと、隼人も「うむ」とうなずいた。

菊太郎、隼人、利助の三人は、八吉とおふくに見送られて豆菊を出た。

菊太郎たちは豆菊のある紺屋町から表通りを北にむかい、神田川沿いにつづく柳原《やなぎはら》通りに出た。そして、通りを東にむかった。

しばらく歩くと、菊太郎たちは賑《にぎ》やかな両国広小路《りょうごくひろこうじ》に出た。

「こっちです」

菊太郎が隼人と利助に声をかけ、左手に足をむけた。

三人は、両国広小路から神田川にかかる柳橋のたもとに出た。

「橋を渡った先だ」

菊太郎たちは、橋を渡った。渡った先が、柳橋と呼ばれる地である。

柳橋は、賑やかな両国広小路や日光街道が近いせいもあって、料理屋や料理茶屋が多かった。それに、女郎屋もあった。女郎屋目当てに、柳橋に来る男も少なくない。

柳橋を渡ると、賑やかな橋のたもとを避けて、神田川沿いの通りに出た。

行き交う人は町人が多く、料理屋や女郎屋に来たらしい男の姿もあった。日光街道から流れてきた旅人ふうの男もいる。

隼人たちは、神田川沿いの通りをいっとき歩いてから岸際に足をとめた。

「三人で歩いていても、埒《らち》が明かない。どうだ、手分けして、八丁堀の同心と御用聞きが立ち寄った料理屋を探さないか」

隼人が、菊太郎と利助に目をやって言った。

「そうしやしょう」

すぐに、利助が言った。

菊太郎たち三人は、一刻（二時間）ほどしたらもどることにして、その場で分かれた。

ひとりになった菊太郎は、神田川沿いの通りを西にむかって歩いた。通り沿いに料理屋や料理茶屋などが並び、職人ふうの男、遊び人、牢人《ろうにん》、それに日光街道から流れてきたと思われる旅人などが、行き交っていた。

菊太郎は川沿いの道を歩きながら、地元の住人らしい男を探した。柳橋を探っていた八丁堀の同心と御用聞きのことを訊いてみるつもりだった。

いっとき歩くと、前方から遊び人ふうの男がふたり、何やら話しながら歩いてくるのが、目にとまった。

　菊太郎は、ふたりに訊いてみようと思って近付いた。菊太郎は小袖《こそで》に黒羽織《くろばおり》姿だったが、羽織の裾を帯に挟む、巻《まき》羽織と呼ばれる八丁堀同心ふうの格好はしていなかった。こうした聞き込みには、八丁堀同心と気付かれない方が、相手が隠さず話すだろうと思ったからである。

「訊きたいことがある」

　菊太郎は、ふたりに声をかけた。

「あっしらですかい」

　浅黒い顔をした男が応えた。

「そうだ。……おれの親戚の八丁堀同心が、この辺りの料理屋を探っていたらしいが、そんな噂《うわさ》を耳にしたことがあるか」

　菊太郎は、柳橋を探っていた同心を親戚ということにしておいた。

「知ってやすよ」

　もうひとりの小柄な男が、素っ気なく言った。

「その旦那は、おれの叔父《おじ》でな。今日も来ていれば、挨拶《あいさつ》ぐらいしようと思ったのだ」

菊太郎は、咄嗟《とっさ》に思いついたことを口にした。

「そうですかい」

小柄な男が、白けた顔をした。たいした話ではない、と思ったようだ。

「叔父が探っていた料理屋は、知るまいな」

菊太郎は、わざと気のない訊き方をした。

そのとき、黙って聞いていた浅黒い顔の男が、

「知ってやすよ」

と、口を挟んだ。

「知ってるか」

菊太郎は、浅黒い顔の男にゆっくり体をむけた。

「へい」

「どこの料理屋だ」

「この先でさァ。……一町ほど歩くと、松沢屋《まつざわや》ってえ二階建ての料理屋がありやす。八丁堀の旦那と御用聞きが、立ち寄ったのは、その店でさァ」

浅黒い顔の男が言った。

「よく知ってるな」

「八丁堀の旦那が、料理屋に立ち寄ることなど滅多にねえからね。目にしたやつが、得意になって話してたんでさァ」

浅黒い顔の男は、話し終えると、

「行きやすぜ。……あっしらは、急いでいるもんで」

そう言って、小柄な男と一緒にその場を離れた。

菊太郎は男から聞いたとおり、神田川沿いの道を一町ほど歩いた。

……あの店だ。

菊太郎は、通り沿いにあった二階建ての店に目をとめた。

そこもやはり料理屋や料理茶屋などの多い通りだが、そうした店のなかでも目を引く大きな料理屋だった。客が大勢入っているらしく、二階の座敷から何人もの嬌声《きようせい》や男の笑い声などが聞こえてきた。

店の入口の掛看板に、「御料理　松沢屋」と書いてあった。

菊太郎が店の入口に近寄ろうとしたとき、背後で足音が聞こえた。振り返ると、隼人と利助が小走りに近付いてくる。

「その店が、松沢屋か」

隼人が菊太郎に訊いた。

「そうです」

菊太郎は、隼人と利助に体をむけた。どうやら、ふたりも松沢屋のことを耳にして来たらしい。


「なかなかの店だ」

隼人が、松沢屋に目をやって言った。

三

菊太郎、隼人、利助は三人は、神田川の岸際に立って松沢屋に目をやった。

「どうしやす」

利助が、菊太郎と隼人に目をむけて訊いた。

「店の者に、話を聞いてみましょうか」

そう言って、菊太郎が松沢屋に足をむけた。

ふいに、菊太郎は足をとめた。松沢屋の入口の格子戸《こうしど》があいて、客らしい男がふたり、店から出てきたのだ。ふたりにつづいて、女将《おかみ》らしい年増も姿を見せた。

客のふたりと年増は、店の入口の近くに足をとめて何やら小声で話していた。そのとき、年増が「いやですよ、この人」と言って、手で男の肩先をたたいた。男は笑い声を上げたが、すぐに、「女将、また来る」と言い残し、もうひとりの男と肩を並べて歩き出した。やはり、年増は女将である。

女将は店先に立ち、ふたりの男が店から離れるのを見送っていた。

これを見ていた隼人は、

「おれが女将に、訊いてくる」

そう言い残し、松沢屋の戸口に近付いた。

女将は踵《きびす》を返して店に戻ろうとしたが、隼人の足音を聞いて振り返った。

「しばし、しばし」

隼人が、女将に声をかけた。

女将は隼人に体をむけ、

「わたしですか」

と、応えた。戸惑うような顔をしている。見ず知らずの武士が、走り寄ってきたからだろう。

「ち、ちと、訊きたいことがある」

隼人は、女将の近くで足をとめた。息が乱れ、声がつまった。

「何でしょうか」

女将は、素っ気なく言った。隼人が、客ではなかったからだろう。

「この店は、松沢屋だな」

隼人が、念を押すように訊いた。

「そうですが……」

「おれは身を変えているが、町方の者でな。ここに、北町奉行所の同心が、御用聞きを連れて話を聞きに来たな」

隼人は、女将に身を寄せて言った。奉行所の同心であることを口にしたのは、女将に話をさせるためである。

「み、見えました」

女将は隼人が町方の同心と知って、声を震わせた。顔が強張《こわば》っている。

「どんなことを訊いた」

「………」

女将は、戸惑うような顔をした。話してもいいかどうか、迷ったらしい。

「心配するな。おれは、女将のことなど口にせぬ。それにな、他の町方同心や御用聞きに女将が話したと知れても、それをとやかく言う者はいない。……女将に話を聞いた同心も、他言するな、とは言わなかったろう」

隼人が、表情を和らげて言った。

「は、はい……」

女将の顔に、安堵《あんど》の色が浮いた。

「町方同心の名を聞いたか」

「はい、一緒に来た御用聞きが、森川《もりかわ》の旦那と呼んでました」

「森川源三郎《げんざぶろう》どのか」

隼人は、森川を知っていた。ただ、森川が北町奉行所の年季の入った定廻《じょうまわ》り同心ということだけで、親しく話したことはなかった。

「それで、森川どのは、どんなことを訊いたのだ」

隼人は、声をあらためた。

「店に、お侍さまと遊び人ふうの男が、客として来なかったか訊かれました」

「武士と遊び人ふうの男は、店に来たのか」

「来ました」

「そのふたり、何者か知っているか」

隼人が身を乗り出して訊いた。

「知りません」

「女将は、ふたりの座敷に出たのか」

「は、はい。……でも、おふたりに挨拶しただけで、すぐに下がりましたから」

「何か、ふたりのことで、覚えていることはないか」

「……」

女将は首を傾《かし》げ、記憶をたどるような顔をしていたが、

「確か、お侍さまは、一緒に来た男の方を辰造と呼んでいました」

と、小声で言った。

「遊び人ふうの男が、辰造という名か」

隼人は、思い当たる者がいなかった。

「はい、辰造さんです」

それから、隼人は武士と辰造という男のことで、他に覚えていることはないか訊いたが、女将は首を傾げただけである。

隼人は菊太郎と利助のいる場にもどると、女将から聞いたことを一通り話し、

「これから、どうする」

と、ふたりに目をやって訊いた。

「辰造という男を探ってみやすか。土地のならず者や遊び人なら、知っている者がい

るはずですぜ」

利助が言った。

「それがいい」

菊太郎も、土地の者に訊けば、辰造のことが知れるのではないかと思った。

「手分けして、辰造という男を探ってみよう」

隼人が、声高《こわだか》に言った。

菊太郎も隼人も、ふたりの男が此度《こたび》の事件にかかわっているとみていた。

四

菊太郎たちはその場で分かれ、辰造のことを近所で聞き込んでみることにした。そして、三人がその場を離れようとしたとき、

「待ってくだせえ。あっしが、あのふたりに訊いてみやす」

と、利助が通りの先を指差して言った。

見ると、遊び人ふうの男がふたり、松沢屋の脇の小径《こみち》から出てきて、柳橋の方へむかって歩いていく。

利助が、ふたりの男を追って走り出した。そして、ふたりに近付くと、走らずに足

早になった。利助はふたりに追いつくと、何やら話しながら歩き、一町ほど進んでから足をとめた。利助はふたりが離れるのを待ってから、隼人と菊太郎のいる場に走ってもどってきた。

利助は荒い息を吐きながら、

「辰造の居所が、知れやした！」

と、声高に言った。

「よし、話してくれ」

菊太郎が、利助の前に立った。隼人も、利助の脇に身を寄せた。

「辰造の塒《ねぐら》は、茅町《かやちよう》二丁目にある長屋でさァ」

利助が言った。

茅町は日光街道沿いに、一丁目から二丁目まで広くつづいている。

「二丁目の、どの辺りだ」

隼人が訊いた。二丁目にある長屋というだけでは、辰造の住まいを突き止めるのは、むずかしい。

「街道沿いにある笠屋《かさや》の脇の道を入ると、すぐだそうで」

利助が言った。

「行ってみましょう」

　菊太郎が先に立った。

　菊太郎たちは、神田川沿いの道を日光街道にむかった。そして、浅草橋のたもとに出ると、北に足をむけた。そこは日光街道で、通り沿いに広がっている家並が茅町である。

　日光街道は、かなり賑わっていた。通行人は、旅人や土地の住人だけではなかった。街道を北にむかうと、浅草寺の門前に出られることもあって、参詣客や遊山客《ゆさん》も多かった。

　隼人たちは二丁目に入ると、通り沿いにある笠屋を探しながら歩いた。隼人たちが、二丁目に入って一町ほど歩いたとき、

「そこに、笠屋がありやす」

　利助が、通り沿いの店を指差して言った。

　街道の東側に笠屋があった。店先に、菅笠《すげがさ》や網代笠《あじろがさ》が吊《つる》してある。店の戸口に、「合羽処《かっぱどころ》」と書いた看板が出ていた。旅人相手の店らしく、合羽も売っているようだ。

「あっしが、訊いてきやす」

　そう言って、利助は小走りに笠屋にむかった。

利助は笠屋に入ると、店の者と何やら話していたが、すぐに出てきた。利助は隼人と菊太郎のいる場にもどるなり、

「長屋が知れやした！」

と、声高に言った。

利助が話したことによると、笠屋の脇の道に入り、しばらく東にむかって歩くと長屋があるという。

「行ってみよう」

菊太郎が言い、三人は笠屋の脇の道に入った。

細い道だが、人通りがあった。土地の住人らしい男や女の姿が、目についた。子供の姿もある。

「むこうから来る女に、訊いてみよう」

隼人が言って、小走りになった。菊太郎と利助は、隼人からすこし間《ま》をとってついていく。

隼人は子連れの女に、何やら声をかけ、話しながら菊太郎たちのいる方へ歩いてきた。

隼人は、菊太郎たちのそばまで来ると、「手間をとらせたな」と女に声をかけて足

をとめた。

女は菊太郎と利助に目をむけたが、何も言わず、子供の手を引いて通り過ぎた。

隼人は女が遠ざかるのを待って、

「長屋が知れたぞ」

と、利助と菊太郎に目をやって言った。

隼人によると、長屋は源造店《げんぞうだな》と呼ばれ、二町ほど歩くと通り沿いにあるという。

「行きましょう」

菊太郎が声をかけ、先に立った。

いっとき歩くと、前方に棟割《むねわ》り長屋が見えてきた。通り沿いに、二棟並んでいる。

菊太郎たちは、長屋の近くまで来て足をとめた。そのとき、長屋の路地木戸から、すこし腰の曲がった老爺《ろうや》が、ひとり出てきた。老爺は、杖《つえ》をつきながら隼人たちのいる方へ歩いてくる。

「次は、おれが訊いてくる」

菊太郎がそう言って、小走りに老爺の方へむかった。

菊太郎は路傍に足をとめ、老爺と何やら話していたが、足早に隼人たちのいる場にもどってきた。老爺は、路傍に立ったまま隼人たちに目をむけている。

菊太郎は隼人たちのそばに来ると、

「辰造は、長屋の住人だそうです」

すぐに、言った。

「そうか。……辰造は長屋にいるかな」

隼人は、菊太郎に目をやって訊いた。

「年寄りの話だと、辰造は長屋の住人だが、いま長屋にいるかどうかは分からないそうです」

菊太郎が言った。

「ともかく、長屋に行ってみましょう」

菊太郎たちは、長屋にむかった。そして、路地木戸の前まで来て足をとめた。迂闊《うかつ》に長屋に踏み込んで、辰造が先に菊太郎たちに気付けば、姿を消すのではないかと思ったのだ。

「あっしがここから入《へえ》って、辰造がいるかどうか、探ってきやしょうか」

利助が、隼人と菊太郎に目をやって言った。利助は町人体の格好をしていたので、辰造の目にとまらない、と思ったらしい。

「利助、辰造に気付かれるなよ」

隼人が、念を押すように言った。

「へい」

利助は、ひとり路地木戸をくぐった。

菊太郎と隼人は路傍に立って、利助がもどるのを待った。

利助は、なかなか出てこなかった。路地木戸をくぐって、小半刻（三十分）も経《た》ったろうか。利助が小走りに路地木戸から出てきた。

利助は菊太郎と隼人のそばに来るなり、

「た、辰造は、長屋にいねえ」

と、声をつまらせて言った。

「いないのか」

菊太郎が、念を押すように訊いた。

「へい、辰造の家には、だれもいねえんでさァ」

利助はそう言った後、近所に住む者から聞いたことを話してから、

「ここ三日ほど前から、辰造は長屋に帰ってねえようで」

と、言い添えた。

「どういうことだ」

菊太郎が、首を捻った。

「町方が、探っているのに気付いたのかもしれねえ」

「おれたちに、気付いたのか。そうは思えんが……」

隼人も首を捻った。

「あるいは、北町奉行所の森川の旦那《だん》と御用聞きが探っていたことに気付いて、長屋から姿を消したのかもしれねえ」

利助が言った。

「そうかもしれない」

隼人も、辰造は森川たちの動きに気付いて、長屋から姿を消したのだとみた。

脇で、利助と隼人のやり取りを聞いていた菊太郎も、ちいさくうなずいた。

「八丁堀に帰《けえ》りやすか」

利助が、肩を落として言った。

「せっかくここまで来て、手ぶらで帰るのか」

菊太郎はそう言った後、西の空に目をやった。

陽《ひ》は、家並の向こうに沈みかけている。

「だいぶ、遅くなった。菊太郎、明日また出直そう」

隼人は、八丁堀まで帰らねばならないので、これ以上、茅町にとどまるのは無理だと思った。

「はい。明日、出直しましょう。辰造は長屋に帰っているかもしれません」

菊太郎が、隼人と利助に言った。

五

翌朝、菊太郎と隼人は、陽がだいぶ高くなってから八丁堀の組屋敷を出た。

ふたりは、利助と江戸橋のたもとで、四ツ（午前十時）ごろ顔を合わせることにしてあったので、遅くまで寝ていたのだ。

この日も、菊太郎と隼人は、八丁堀ふうの格好ではなかった。羽織袴《はおりはかま》姿で、二刀を帯びていた。どこでも見掛ける小禄《しょうろく》の旗本か御家人のような身装《みなり》である。

ふたりが江戸橋まで行くと、利助と綾次が待っていた。ふたりは、岸際に立って行き交う人を避けている。

隼人はふたりに近付くと、

「今日は、綾次も一緒か」

と、声をかけた。

「昨夜《ゆうべ》、綾次が豆菊に顔を出しやしてね。一緒に行きたいと言うんで、連れてきたんでさァ」

利助が言うと、

「隼人の旦那、菊太郎の旦那、あっしも、使ってくだせえ」

そう言って、綾次が菊太郎と隼人に頭を下げた。

「綾次、頼むぞ。増田屋に押し入った賊を追っているのだが、なかなか尻尾《しっぽ》が摑《つか》めないのだ」

菊太郎が言った。

「へい、利助親分のようにはいかねえが、できるかぎりやりやす」

そう言って、綾次はもう一度頭を下げた。

「行こう」

隼人が声をかけた。

「行きましょう」

菊太郎もうなずいた。

菊太郎たち四人は江戸橋を渡り、入堀沿いの道を通って日光街道へ出た。そして、東にむかい、賑やかな両国広小路に出て、神田川にかかる浅草橋を渡った。渡った先が、茅町一丁目である。

「まず、長屋に行ってみるか」

そう言って、隼人が男三人に目をやった。

「行きやしょう」

利助が声高に言った。

隼人たちは茅町二丁目まで来ると、笠屋の脇の道に入った。その道の先に、辰造の住む長屋の源造店がある。

隼人たちは笠屋の脇の道を歩き、前方に長屋が見えてきたところで、足をとめた。

「辰造だが、今日は帰っているかな」

隼人が言った。

「おれが、見てきます」

菊太郎は、その場を離れて長屋にむかった。

菊太郎が長屋の路地木戸の近くまで来ると、長屋の方から歩いてくるふたりの男の姿が見えた。長屋の住人らしい。ふたりとも、腰切半纏《こしきりばんてん》に黒股引《くろももひき》姿だった。半纏は汚れ、股引には継ぎ当てがしてあった。日傭取《ひようとり》かもしれない。

菊太郎は、ふたりに近付き、

「訊きたいことがあるのだがな」

と、声をかけた。

「何です」

眉の濃い男が、戸惑うような顔をして応えた。いきなり、長屋を出たところで、見知らぬ若侍に声をかけられたからだろう。

「長屋に住んでいる辰造という男に、用があって来たのだ。辰造は、長屋にいるか」

菊太郎は、辰造の名を出して訊いた。

「辰造ですかい」

年上と思われる男が、「吉助《きちすけ》、知ってるか」と脇にいる小柄な男に訊いた。小柄な男は吉助という名らしい。

「辰造はいねえ。四、五日前《めえ》に、長屋を出たままですぜ」

小柄な男が、顔をしかめて言った。辰造のことを嫌っているようだ。

「四、五日も、留守にしているのか」

菊太郎が訊いた。

「そうでさァ。詳しいことは知らねえが、政次ってえ御用聞きが、近所で辰造のことを探ってやしてね。それを知って、辰造は長屋から姿を消したようですぜ」

「なに。御用聞きが、探っていたのか」

菊太郎は、北町奉行所の森川が手札を渡している御用聞きとみた。森川たちは辰造がこの長屋に住んでいるのを知って、探りに来たに違いない。

「それっきり、辰造は長屋に帰《けえ》ってこねえ」

小柄な男は、その場から離れたいような素振りを見せた。いつまでも、見知らぬ武士を相手に話し込んでいるわけにはいかない、と思ったようだ。

さらに、菊太郎が訊いた。

「辰造の行き先に心当たりはないか」

「知らねえ」

小柄な男が素っ気なく言った。

「手間を取らせたな」

菊太郎が言った。

ふたりの男は、足早に日光街道の方へむかった。

菊太郎は、隼人たちのいる場にもどると、ふたりの男から聞いたことを話し、

「しばらく、辰造は長屋に帰らないかもしれません」

と、言い添えた。

「それにしても、北町奉行所の森川どのも、長屋に目をつけて辰造を探っていたか」

隼人が渋い顔をして言った。

「どうします」

菊太郎が、隼人に訊いた。

「せっかくここまで来たのだ。このまま帰るわけにはいかないな。……どうだ、近所で聞き込んでみるか。辰造の行き先が分かるかもしれん。それに、辰造の仲間のことも、訊いてみるといい」

隼人が、菊太郎たちに目をやって言った。

菊太郎たちは、一刻（二時間）ほどしたらこの場にもどることにして分かれた。

六

菊太郎は隼人、利助、綾次の三人と分かれ、ひとりになると、来た道に目をやった。一町ほど先に、縄暖簾を出した飲み屋があった。

辰造は、飲み屋に立ち寄ることがあったはずだ、と菊太郎はみて、ここで訊いてみようと思った。

菊太郎は、飲み屋の前で足をとめた。客がいるらしく、店内から男の濁声《だみごえ》が聞こえた。かなり酔っているらしい。

　菊太郎は、腰高障子《こしだかしょうじ》をあけた。店内の土間に飯台と腰掛け代わりの空樽《あきだる》が置いてあり、男がふたり、そこに腰を下ろして酒を飲んでいた。大工か左官か。腰切半纏に、黒股引姿だった。ふたりとも、陽に焼けた浅黒い顔をしている。

　菊太郎が店に入っていくと、ふたりの男は、話をやめて菊太郎に目をやった。戸惑うような顔をしている。見知らぬ武士が入ってきたからだろう。

　菊太郎がふたりから話を聞こうとすると、店の奥の板戸があいて、年配の男が姿を見せた。汚れた前垂れをかけ、濡れた手を手拭いで拭いている。店の親爺《おやじ》らしい。

「店の主人か」

　菊太郎が訊いた。

「そうでさァ」

　親爺は、戸惑うような顔をした。菊太郎を客ではない、とみたようだ。

「この店に辰造という男は、来ないか」

　菊太郎は、辰造の名を出した。すると、近くで酒を飲んでいた男のひとりが、

「辰造なら、来ることがありやすぜ」

と、口を挟んだ。

「そうか。実は、おれの妹が辰造に泣かされてな。妹に手を出すな、と言っておくつもりで来たのだ」

菊太郎が、作り話を口にした。

「そうですかい」

店の親爺も、菊太郎の話を信じたらしく、戸惑うような表情が消えている。

「辰造の居所を知っているか。いまな、辰造が住んでいる長屋に行ってみたのだが、辰造は長屋を出たきり、帰っていないのだ」

菊太郎が言った。

「そうですかい。……何処《どこ》にいるか、分からねえなァ」

御爺が首を捻った。

すると、酒を飲んでいた赤ら顔の男が、

「情婦《いろ》のところかもしれねえ」

と、口を挟んだ。

「辰造は、情婦を囲っているのか」

菊太郎が、身を乗り出して訊いた。

「そう聞いてやす」

「情婦を囲っているのは、何処だ」

菊太郎の声が大きくなった。

「瓦町《かわらまち》と聞きやした」

赤ら顔の男が、猪口《ちょこ》を手にしたまま言った。

「瓦町のどの辺りだ」

菊太郎が訊いた。瓦町と分かっただけでは、探すのが難しい。瓦町は茅町につづいて、日光街道沿いにひろがっている。

「松平《まつだいら》様の御屋敷のそばでさァ」

赤ら顔の男によると、情婦の住む家は松平伊賀守《いがのかみ》の中屋敷のそばだという。

「松平様の屋敷のそばか」

菊太郎は、それだけ聞けば突き止められるとみた。

「邪魔したな」

菊太郎は、店内にいた男たちに礼を言って外に出た。

まだ、隼人たちと分かれて一刻経っていなかったが、菊太郎は集まる場所にもどった。辰造の情婦のことを早く伝えたいと思ったのだ。

集まる場所に、人影はなかった。まだ、だれももどってない。

菊太郎がその場に来て小半刻（三十分）ほど経つと、通りの先に利助と綾次の姿が見えた。

ふたりは、路傍に立っている菊太郎を目にすると、小走りになった。

「ま、待たせちまって申し訳ねえ」

利助が、声をつまらせて言った。

「おれの帰りが、ちと早すぎたんだ。まだ、この場を離れてから、一刻経ってないはずだ」

菊太郎が、苦笑いを浮かべて言った。

三人が顔を揃《そろ》えてから、いっときすると通りの先に隼人の姿が見えた。隼人は、菊太郎たちが待っているのに気付いたらしく、足を速めた。

隼人は菊太郎たちのそばに来るなり、

「おれだけ、遅れたか」

と、息を弾ませて言った。

菊太郎は隼人の息が収まるのを待って、

「おれから話します」

と言って、飲み屋で聞いたことを一通り話した。

「あっしも、瓦町に辰造の情婦《いろ》がいると聞きやした」

利助が、身を乗り出して言った。

するとと、遅れてきた隼人が、

「おれも、情婦のことは聞いた。それから、森川どのたちも政次が情婦を囲っている家を探っていたようだ」

そう言った後、

「これから、瓦町に行ってみよう。森川どのたちが、先に情婦の家を突き止めたかもしれん」

と、言い添えた。

「瓦町に行きましょう」

菊太郎も、無論その気であった。

七

菊太郎たち四人は、いったん日光街道に出てから北にむかった。そして、松平家の屋敷の近くまで来ると、

「この辺りが、瓦町だな」

隼人が言って、路傍に足をとめた。

「辰造の情婦《いろ》の住む家は、どこかな」

菊太郎が言った。

「瓦町は、狭い町だ。女がひとりで住んでいる家はどこか訊けば、すぐに知れるのではないか」

隼人は、「地元の住人に、訊いてみよう」と言い、街道から瓦町内の通りに入った。

街道沿いに、情婦の住む家があるとは思えなかったからだ。

隼人につづいて通りに入った利助が、通り沿いに目をやり、

「そこに、八百屋がありやす。あっしが、訊いてきやしょう」

と言い残し、通りの先にある八百屋に小走りでむかった。

菊太郎たちが、通り沿いから見ていると、利助は八百屋の親爺と何やら話していたが、いっときすると戻ってきた。

「情婦らしい女の住む家が、知れやした」

利助が言った。

「ここから遠いのか」

菊太郎が訊いた。

「すぐだそうで」

利助は、「行きやしょう」と言って、通りを東にむかった。菊太郎たちは、利助の後につづいた。

利助は二町ほど歩くと、路傍に足をとめた。

「その家ですぜ」

と言って、通り沿いにあった家を指差した。

大きな家ではなかったが、洒落《しゃれ》た造りだった。入口は格子戸になっていた。狭いが庭があり、紅葉《もみじ》やつつじなどが植えてある。

「やけに、静かだな」

隼人が言った。

「近付いてみますか」

菊太郎が、言った。

「ここはおれが、先に行こう」

隼人が先に立った。つづいて、利助、菊太郎、綾次の順に、不審を抱かれないように間《ま》をとって歩いた。

菊太郎は家のすぐ近くまで行くと、少し歩調を緩めてなかの様子をうかがった。

……だれか、いる！

菊太郎は、胸の内で声を上げた。

家のなかで、足音と障子を開け閉めするような音が聞こえたのだ。

四人は家の前で立ち止まらず、一町ほど離れた場所まで行ってから路傍に足をとめた。

「だれか、家にいやした！」

利助が、昂った声で言った。

「女のようだ。辰造の情婦《いろ》だろう」

隼人が言った。足音から女とみたらしい。

「辰造は、家にいるかな」

黙って聞いていた綾次が、口を挟んだ。

「いないかもしれん。女の足音の他に、人のいるような物音がしなかったからな。

……ここにいてくれ、おれが家の前まで行って、確かめてくる」

隼人はそう言って、ひとり来た道を引き返した。

隼人は家の前まで行くと、草鞋《わらじ》を直すような振りをして路傍に屈《かが》み込んだ。そうやって家のなかの様子を探っているらしい。

隼人はいっときすると立ち上がり、家の前を通り過ぎてから足をとめた。そして、踵《きびす》を返し、菊太郎たちのいる場にもどってきた。

「父上、女の他にいましたか」

菊太郎が訊いた。

「いや、いない。いるのは、女ひとりのようだ」

隼人が、家のなかから聞こえてきたのは、女のものと思われる足音だけだったことを話した。

「辰造は、どこに姿を消したのかな」

菊太郎が、首を捻った。

「どうだ、念のため近所で聞き込んでみるか。……辰造だけでなく、他の仲間も顔を出したことがあるかもしれん」

隼人が、その場にいる男たちに目をやって言った。

菊太郎たちは、その場で分かれ、半刻（一時間）ほどしたら、この場にもどることにした。

ひとりになった菊太郎は、瓦町から日光街道に出た。瓦町は狭く、道沿いに辰造や仲間が立ち寄りそうな店はなかったのだ。

菊太郎は、街道沿いにあった蕎麦屋《そばや》、飲み屋、一膳めし屋などに立ち寄って話を聞いてみた。辰造のことを知る者はいたが、近ごろ姿を見掛けた者はいなかった。菊太郎が話を聞いた店に、辰造は最近立ち寄っていないらしい。

菊太郎は、集まる場所にもどった。隼人と綾次の姿があったが、利助はもどっていなかった。

菊太郎がその場に来て間もなく、通りの先に利助が姿を見せた。利助は、菊太郎たちが集まっているのを目にすると、慌てて走り出した。

「お、遅れちまった!」

利助が、荒い息を吐きながら言った。

菊太郎は利助の息の乱れが収まるのを待ち、

「知れたことがあったら、話してくれ」

と、その場にいた男たちに目をやって言った。

「辰造が、牢人ふうの男と歩いているのを見た者がいやす」

綾次が、身を乗り出して言った。

「おれも同じ話を聞いた」

隼人が口を挟んだ。

「その武士は、増田屋に押し入った賊のひとりかもしれない」

菊太郎が、綾次と隼人につづいて言った。

すでにこの場にいる男たちは知っていることだったが、菊太郎はあらためて増田屋に押し入った賊のなかに武士がいたことを話した。

「どうやら、増田屋に押し入った賊のなかに、柳橋界隈《かいわい》に塒《ねぐら》のある者がいるようだ」

隼人が、顔を厳しくして言った。

次に口をひらく者がなく、その場が沈黙につつまれたとき、

「利助、何か知れたか」

菊太郎が、遅れてきた利助に目をやって訊いた。

「あっしは、八丁堀の旦那と御用聞きのことを耳にしやした」

利助が言った。

「森川どのか」

隼人が訊いた。

「森川さまと、御用聞きの政次でさァ」

「ふたりは、おれたちと同じように辰造の情婦《いろ》が瓦町にいると耳にして、探りに来たのだな」

隼人が、つぶやくような声で言った。

「あっしに話した男は、森川さまたちの姿を見掛けただけじゃァねえんで。他に、気になることを口にしたんでさァ」

さらに、利助が言った。

「何だ、気になることとは」

隼人が訊いた。

その場にいた菊太郎と綾次の目も、利助にむけられた。

「その男は、近所では見掛けない男が物陰に身を隠しながら、森川さまたちの跡を尾《つ》けているのを目にしたらしいんで」

「跡を尾けていた男というのは、辰造ではないのかな」

隼人が訊いた。

「跡を尾けていたのはふたりで、ひとりは二本差しだと言ってやした」

「武士がいたのか！」

隼人の声が、大きくなった。

「その武士は、増田屋に押し入った賊のひとりかもしれない！」

隼人と利助のやり取りを聞いていた菊太郎が、声高に言った。

「そうかもしれん」

隼人の顔が、引き締まった。

第三章　襲撃

一

「おまえさん、今日も出掛けるの」

おたえが、縁側近くにいる隼人に目をやって訊《き》いた。

おたえは座敷で、菊太郎が八丁堀の同心ふうに着替えるのを手伝っていた。隼人が現役の同心だったころは、隼人の着替えを手伝っていたが、今は息子の菊太郎の着替えの手伝いに変わっている。

「いや、今日は家にいる。隠居の身のおれが、倅《せがれ》の菊太郎といつも一緒に動きまわっては、いい歳《とし》をして子離れができないのか、と笑い者になるからな」

隼人が、苦笑いを浮かべて言った。

「いえ、お奉行様に父上も呼ばれたのです。力を貸してください」

「そうだな。でも今日は家にいよう。今日も瓦町へ行くのだろう」

「はい父上、そのつもりです」

菊太郎が、言った。

「いいか、探るだけにしろよ。相手が辰造ひとりなら構わんが、武士が一緒だと返り討ちに遭うぞ」

隼人の顔に、懸念《けねん》の色があった。辰造の仲間の武士は、遣い手で、菊太郎の剣とは互角とみていたからだ。

「武士の居所が知れたら、八丁堀に戻ります」

菊太郎はそう言って、部屋の隅の刀掛に置いてあった大刀を手にした。菊太郎も、隼人と同様、市中巡視のおりは、刃引きの長脇差《ながわきざし》でなく大刀を差すことが多かった。

菊太郎が、座敷を出ようとしたときだった。戸口に走り寄る足音がし、「菊太郎の旦那！」と呼ぶ声がした。

「利助だ。何かあったかな」

菊太郎が立ち上がった。

菊太郎につづいて、隼人も座敷から出た。ふたりの男の後に、おたえが慌てた様子でついてくる。

菊太郎と隼人は、戸口から外に出た。

「だ、旦那、大変だ！」

利助がふたりの顔を見るなり、声を上げた。

「利助、どうした」

隼人が訊いた。

「は、八丁堀の旦那たちが襲われやした！」

「だれが、襲われたのだ」

めずらしく、隼人の声が昂《たかぶ》っていた。

「北町奉行所《きた》の森川の旦那でさァ」

「殺されたのか」

「分からねえ。ひとり死んだと聞きやした」

「場所はどこだ」

「瓦町でさァ」

「辰造たちを探りに行って襲われたのだな」

隼人は、手にしていた大刀を腰に差すと、「菊太郎、やはりおれも行こう」と脇に立っている菊太郎に声をかけた。隼人は出掛けるつもりはなかったが、利助から話を聞いて、気が変わったようだ。

「はい！」

菊太郎も、手にした刀を腰に帯びた。

「おまえさん、菊太郎、気をつけて」

おたえが不安そうな顔をして、ふたりに声をかけた。

利助につづいて、菊太郎と隼人が、組屋敷の木戸門から通りに出た。

菊太郎たちは八丁堀を後にし、日本橋川にかかる江戸橋を渡り、入堀沿いの通りを経て日光街道に出た。さらに、街道を東にむかい、両国広小路に出てから神田川にかかる浅草橋を渡った。北にむかえば、瓦町の前に出られる。菊太郎たちは何度も行き来した道筋なので、惑うようなことはなかった。

「場所は、どこか聞いているか」

菊太郎が、足早に歩きながら利助に訊いた。

「辰造の情婦《いろ》の住む家の近くと聞きやした」

「そうか」

菊太郎たちは日光街道を北にむかい、瓦町の前まで来ると右手につづく通りに入った。その通り沿いに、辰造が囲っている情婦の住む家がある。

前方にちいさく情婦の家が見えてきたとき、

「あそこだ！」

と、利助が声高《こわだか》に言い、前方を指差した。

情婦の住む家の手前に、人だかりができていた。通りすがりの野次馬が多いようだが、岡っ引きらしい男の姿もあった。

「八丁堀の旦那も、いやすぜ」

利助が、足早に歩きながら言った。

見ると、人だかりのなかに、北町奉行所の定廻《じょうまわ》り同心、山崎寅之助《やまざきとらのすけ》の姿があった。

森川たちが襲われたと聞いて駆け付けたのだろう。

山崎はまだ若く、定廻り同心になって五、六年ということもあって、隼人は事件現場で何度か顔を合わせたことはあったが、話したことはなかった。菊太郎も、顔を知っているだけで、話したことはない。

その山崎の足元に、男がひとり横たわっていた。小袖《こそで》を裾高《すそだか》に尻《しり》っ端《ぱしょ》折りし、両脛《りようすね》を露《あらわ》にしていた。

「御用聞きの政次だ！」

菊太郎が、思わず声を上げた。

政次は、北町奉行所の森川の手先として一緒に増田屋に押し入った盗賊の探索にあたっていた男である。

「殺されたのは、森川どのの手先か」

隼人はそう言った後、

「山崎どの、森川どのは、どうされた」

と、小声で訊いた。政次が殺された現場に、森川がいてもいいはずである。

「森川どのは、八丁堀に帰っている。……森川どのも、ここで政次と一緒に何者かに襲われたのだ」

山崎がつづいて話したことによると、森川は、この場で政次とともに襲われ、深手を負ったという。それでも、何とか自力で、八丁堀の組屋敷まで帰ったそうだ。

「武士と遊び人ふたりに、襲われたらしい」

山崎が、無念そうな顔をして言った。

「盗賊の仲間たちだな」

隼人は盗賊のなかの武士が、森川たちを襲ったとみた。

「そのようです」

となりで聞いていた菊太郎も、厳しい顔でうなずいた。

二

菊太郎、隼人、利助の三人は、政次が横たわっている場から離れた。

「御用聞きたちは、尻込みしているようだ」

隼人が、集まっている男たちに目をやって言った。

政次が殺された近くに、何人もの御用聞きや下っ引きたちがいたが、その場から離れて聞き込みにあたる者はいなかった。

「政次の死体を見て、自分も殺されると思ったようですね」

菊太郎が言った。

「……森川どのと政次を襲った者たちの狙いも、そこにあったのかもしれません。おれたちに手を出せば、こういうことになる、と見せつけようとしたのではないでしょうか」

菊太郎が言うと、隼人と利助がうなずいた。

「おれたちが尻込みすれば、盗賊たちの狙いどおりになるわけだ」

隼人が、厳しい顔をして言った。

「あっしらは、尻込みなどしねえ」

利助が語気を強くして言った。

菊太郎はいっとき間《ま》を置いた後、

「三人で手分けして、近所で話を聞いてみましょう」

と言い、一刻（二時間）ほどしたら、この場にもどることにして分かれた。

ひとりになった菊太郎は、辰造の情婦の住む妾宅《しょうたく》に行ってみようと思った。妾宅は、その場から遠方に見えていた。

菊太郎は、通行人を装って辰造の情婦の住む家に近付いた。家のなかはひっそりとしていた。物音も人声も聞こえない。

……だれも、いないようだ。

菊太郎は、家の戸口まで近寄った。

家のなかは静寂につつまれ、人のいる気配はなかった。辰造の情婦は、家から出たようだ。

菊太郎は、辰造が情婦を別の場所に匿《かくま》ったのではないかとみた。おそらく、辰造は森川と政次が妾宅を探っているのに気付き、仲間に話して、ふたりを襲ったのだ。

菊太郎は、すぐに家の戸口から離れた。だれもいない家を探っても、無駄だと思ったのだ。

それでも、菊太郎は念のため近所の住人に、話を聞いてみることにした。あらためて通り沿いに目をやると、妾宅から半町ほど行った先に八百屋があった。ここからではっきりしないが、店先の台に野菜らしい物が並べてあった。

菊太郎はその八百屋で話を聞いてみようと思い、足早に通りの先にむかった。

店先の台の上に並べてあったのは、大根と牛蒡《ごぼう》だった。その台の脇に店の親爺《おやじ》らしい男がいて、大根の品定めをしていた。萎《しな》びぐあいや傷がないかどうかなどを見ているようだ。

「店の者か」

菊太郎が、親爺の後ろから声をかけた。

「へ、へい」

親爺が、大根を手にしたまま首を竦《すく》めた。いきなり見ず知らずの武士に声をかけられ、驚いたらしい。

「仕事中すまないが、訊きたいことがあってな」

菊太郎は、穏やかな声で言った。

「何です」

親爺が、大根を手にしたまま応えた。表情は、平静だった。菊太郎がまだ若く、しかも物言いが穏やかだったからだろう。

「そこに、妾《めかけ》を囲っていた家があるな」

菊太郎が、妾宅を指差して言った。

「ありやす」

「留守のようだが、住んでいた女は、どこかへ引っ越したのか」

「旦那は、奉行所の方ですかい」

親爺が、菊太郎の身装《みなり》を見て言った。菊太郎は、羽織《はおり》の裾を帯に挟む巻《まき》羽織と呼ばれる八丁堀同心独特の格好はしていなかったが、黒羽織に小袖を着流していたので、奉行所の同心とみたのだろう。

「そうだ。女の居所を知りたいのだ」

菊太郎は、奉行所の同心であることを隠さなかった。

「行き先は分からねえが、情婦《おんな》を囲っていた辰造という男が、連れ出したようですよ」

親爺は、辰造が女を連れていくのを目にしたという。

「やはりそうか」

菊太郎も、辰造が女を連れ出して他所《よそ》へ移したのではないかとみていたのだ。

親爺はいっとき口をつぐんでいたが、何か思い出したようにうなずくと、

「情婦はおみつという名で、小料理屋の手伝いをしてたようですよ。茅町一丁目にある美浜屋《みはまや》ってえ店なんですが、辰造は美浜屋を贔屓《ひいき》にしていて、そこでおみつさんと知り合ったらしい。美浜屋へ行けば、おみつさんの居所が分かるかもしれねえ」

と、話した。

「詳しいな」

菊太郎が言った。

「おみつさんは、ここに野菜を買いに来ることがあったんでさァ。そのとき、世間話をしやしてね。辰造のことも口にしていたんで」

そう言った後、親爺は店のなかにもどりたいような素振りを見せた。いつまでも、油を売っているわけにはいかないと思ったのかもしれない。

「手間を取らせたな」

菊太郎は親爺に礼を言って、その場を離れた。

それから、菊太郎は通り沿いにあった別の店にも立ち寄って、おみつと辰造のことを訊いたが、新たなことは分からなかった。

菊太郎は、政次が殺された場から離れて、一刻ほど経つのではないかと思い、来た

道を引き返した。

三

菊太郎が隼人たちと分かれた場にもどると利助の姿はあったが、隼人はまだ帰ってなかった。ふたりでいっとき待つと、通りの先に隼人が姿を見せた。隼人は、菊太郎たちの姿を目にしたらしく、小走りになった。

隼人は、菊太郎たちのそばに来るなり、

「ま、待たせたようだ」

と、声を詰まらせて言った。

菊太郎は、隼人の息の乱れが収まるのを待って、辰造の情婦が住んでいた家を探りに行ったことを話し、

「女の名はおみつで、妾宅を出たようです。近所の住人の話だと、美浜屋という小料理屋に行けば、おみつの居所が分かりそうです」

と、言い添えた。

「美浜屋は、どこにあるか分かるのか」

隼人が訊いた。

「茅町一丁目だそうです」

「でかしたな。おみつの居所が摑《つか》めれば、辰造の塒《ねぐら》も知れるだろう」

隼人が言った。

そのとき、利助が身を乗り出し、

「あっしも、辰造のことで、分かったことがありやす」

と、声高に言った。

「話してくれ」

隼人が、利助に目をやって言った。

「辰造は博奕《ばくち》好きで、賭場《とば》に出入りしているときに、二本差しと知り合ったと聞きやした」

「おれも、辰造は博奕好きだと聞いたぞ」

隼人はそう言った後、

「辰造が出入りしている賭場はどこか、聞いたか。おれが話を聞いた男は、賭場のある場所は知らなかったのだ」

と、利助に訊いた。

「あっしが話を聞いた男も、賭場がどこにあるかまでは知らなかったんでさァ」

利助が肩を落とした。

「いずれ、知れる。……おそらく、柳橋界隈《かいわい》だろう」

隼人が言った。

「美浜屋に、行ってみますか。おみつから話を聞けば、辰造の居所が摑めるかもしれない」

と、菊太郎が言った。

「行こう。茅町一丁目は、ここから遠くない」

隼人が、声高に言った。

菊太郎たち三人は、いったん日光街道に出て南に足をむけた。茅町一丁目は、浅草橋のたもと近くの街道沿いにひろがっている。

菊太郎たちは、浅草橋のたもと近くまで来て足をとめた。そして、街道沿いにあった蕎麦屋《そばや》の脇に身を寄せた。その辺りは行き交う人が多く、立ち止まって話すような場所がなかったのだ。

「通り沿いに、小料理屋はありそうもないですね」

菊太郎が言った。

「神田川沿いの道に、行ってみやすか」

利助が、菊太郎に目をやって言った。茅町一丁目は、神田川沿いまで広がっている。

「それがいい」

隼人が言い、三人は橋のたもとに足をむけた。

三人は橋のたもとから神田川沿いの通りに入ると、

「この辺りも茅町一丁目ですが、そう広くはないはずです。土地の者に訊けば、美浜屋という小料理屋が、どこにあるか分かると思います」

菊太郎がそう言い、通りの先に目をやった。

通りの先に、男がふたり見えた。ふたりは、こちらに歩いてくる。ふたりとも、腰《こし》切半纏《きりばんてん》に黒股引《くろももひき》姿だった。道具箱を担いでいる。大工らしい。ふたりは、何やら話しながら歩いてくる。

「あのふたりに、訊いてみます」

そう言って、菊太郎は小走りにふたりのところにむかった。

菊太郎はふたりの前に立ち、

「この辺りに、美浜屋という小料理屋はないか」

と、訊いた。

「美浜屋ですかい」

年上と思われる男が、脇にいる小柄な男に、「おめえ、知ってるか」と小声で訊いた。

「店の名は知らねえが、小料理屋なら近くにありやすぜ」

小柄な男が言った。

「どこだ」

菊太郎が訊いた。

「ここから一町ほど歩くと、富川屋《とみかわや》ってえ大きな料理屋がありやす。その店から半町ほど行くと、道沿いに小料理屋がありやす」

「行ってみるか」

菊太郎は、「手間をとらせたな」とふたりに声をかけ、川岸に身を寄せた。その場で、隼人たちを待つのである。

ふたりの男は、浅草橋の方へ歩いていく。そのふたりと入れ替わるように、隼人と利助が近付いてきた。

「美浜屋かどうか分からないが、この先に小料理屋があるそうです」

菊太郎が、隼人と利助に目をやって言った。

「行ってみよう」

隼人が言い、三人は川沿いの道をさらに東にむかって歩いた。辺りは夜陰につつまれ、道沿いにある飲み屋や蕎麦屋などの灯《ひ》が、辺りをぼんやり照らしている。

「あの店が、富川屋だ」

菊太郎が、通りの先を指差して言った。

通り沿いに二階建ての大きな料理屋があった。何人もの客がいるらしく、障子の明らんだ二階の座敷から、嬌声《きょうせい》や男の笑い声などが聞こえてきた。

「美浜屋は、あれです」

菊太郎が、富川屋の先にある小料理屋らしい店を指差して言った。

店の入口に、暖簾《のれん》が出ていた。戸の隙間《すきま》から、かすかに灯が洩《も》れている。二階建てだが、間口の狭い店である。

「近付いてみますか」

菊太郎たちは、小料理屋らしい店に近付いた。

「この店だ」

菊太郎が、店を指差して言った。

店の入口の掛看板に「御料理　美浜屋」と書いてあった。

四

「菊太郎の旦那、店に踏み込みやすか」

　利助が意気込んで言った。

「待て、いま踏み込んでも、おみつがいるかどうか分からないぞ。それに、おみつが捕らえられたことを辰造が知り、姿を消してしまっては、どうにもならない。……ともかく、店にだれがいるか探ってからにしよう」

　菊太郎が、そばにいる隼人にも目をやって言った。

「それがいいだろう。近所で聞き込んでみよう」

　隼人がそう言ったとき、美浜屋の格子戸《こうしど》があいて、客らしい男がふたり出てきた。職人ふうの男である。

　ふたりにつづいて、年増《としま》が姿を見せた。美浜屋の女将《おかみ》らしい。男のひとりが、何か卑猥《ひわい》なことでも口にしたのか、女将が「嫌ですよ、この男《ひと》」と言って、男の肩をたたいた。

　たたかれた男は笑い声を上げ、もうひとりの男と一緒に店の入口から離れた。

　女将は店の戸口に立ってふたりの男に目をやっていたが、ふたりの男の姿が遠ざかると、店に入ってしまった。

「あっしが、あのふたりに訊いてきやす」

利助は走って、ふたりの男を追った。

利助は男たちに追いつき、何やら話しながら歩いていたが、いっときすると足をとめ、菊太郎たちのいる場にもどってきた。

「おみつは、いたか」

すぐに、菊太郎が訊いた。

「はい、いやした」

「いたか！　それで、辰造は」

菊太郎が、身を乗り出して訊いた。

「それが、はっきりしねえんで……」

「どういうことだ」

「ふたりの男の話だと、ふたりの他に、大工らしい年配の男の客がひとりだけいたらしいんで」

「美浜屋は二階もあるようだが、二階にはだれもいないのか」

隼人が訊いた。

「二階のことも、訊いたんですがね。二階は、店の女将と亭主の部屋があるだけで、客は上げないそうで」

「いま、美浜屋の店にいるのは、おみつと女将、それに客がひとりか」

菊太郎が顔を厳しくし、続けた。

「美浜屋に女将の亭主がいるなら、おみつが美浜屋に泊まることはないはずです」

菊太郎が言った。

「そうだな」

隼人がうなずいた。

「おみつの跡を尾《つ》ければ、新しい塒《ねぐら》が知れます。そこに、辰造は身を隠しているのかもしれません」

菊太郎は身を乗り出した。

「菊太郎の言うとおりだ」

隼人は声高に言い、

「だが、おみつは店からいつ出てくるか、分からんぞ。美浜屋が店をとじてから、塒に帰るとなると、だいぶ遅くなる。小料理屋が店をしめるのは、夜が更けてからだろう」

と、言い添えた。

「三人もで、張り込むことはないかな」

菊太郎が言うと、

「あっしが、張り込みやす」

利助が身を乗り出して言った。

すると、菊太郎が真剣な顔をして、

「父上、おれも張り込みます。父上は、八丁堀に帰ってください。……これも、町方同心としての修業のひとつだと思います」

と、静かだが強い響きのある声で言った。

「いや、今回はおれも残る。……八丁堀同心が襲われているんだ。菊太郎を残して、おれだけ帰ったら、おたえに怒られる」

隼人が、苦笑いを浮かべて言った。

結局、三人ともその場に残ることになった。三人は、神田川の岸際で枝葉を茂らせていた柳の樹陰に身を隠し、美浜屋に目をやっていた。通りは夜陰につつまれていたが、美浜屋から洩《も》れる灯が、辺りをぼんやりと照らしている。

「長丁場になる。どうだ、交替で腹拵《はらごしら》えをしてこないか」

隼人が言うと、

「そうしやしょう」

利助がすぐに応えた。

「菊太郎、先に利助と一緒に腹拵えをしてこい」

隼人が、菊太郎に目をやって言った。

「はい、先に行ってきます」

菊太郎は、利助を連れてその場を離れた。

菊太郎と利助は、その場を離れると、神田川沿いの道を東にむかって歩いた。ふたりは、通り沿いにあった蕎麦屋に入った。もう遅かったが、店はあいていたのだ。ふたりは酒は頼まず、蕎麦で腹拵えをしただけで店を出た。

ふたりが、隼人のいる場にもどると、

「どこで、腹拵えをしてきたのだ」

隼人が訊いた。

「はい、この先の蕎麦屋で」

そう言って、菊太郎が通りの先を指差した。

「おれも、そこで蕎麦でも食ってこよう」

隼人はその場を離れると、足早に蕎麦屋にむかった。

菊太郎と利助は柳の樹陰に身を隠し、美浜屋の店先に目をやった。夜が更け、人通りは少なくなった。ときおり、何処《どこ》かで一杯やったらしい男や夜鷹《よたか》らしい女などが、通りかかるだけである。

隼人は四半刻（三十分）ほどで、菊太郎たちのいる場にもどってきた。急いで、蕎麦だけ食ってきたらしい。

「どうだ、変わりないか」

隼人が訊いた。

「はい、出入りした客もいません」

菊太郎が、そう言ったときだった。

「やつが、辰造かもしれねえ！」

利助が、身を乗り出して言った。

五

夜陰のなかに、ぼんやりと男の姿が浮かび上がった。遊び人ふうの男である。辰造かどうかは分からない。まだ、菊太郎たちは、辰造を目にしたことがなかったのだ。

辰造らしい男は美浜屋の前まで来ると、足をとめ、周囲に目をやってから、格子戸をあけて店に入った。

「店に踏み込みやすか」

利助が昂った声で、隼人と菊太郎に目をやって訊いた。

「いや、出て来るのを待とう。あれが辰造なら、おみつを迎えに来たとみていい。女将の亭主がいる美浜屋に、泊まることはないはずだ」

隼人が身を乗り出して言った。

「辰造とおみつが、店から出てきたところを捕らえよう」

菊太郎が言った。

菊太郎、隼人、利助の三人は美浜屋に近付き、店の脇の暗がりに身を隠した。そこで、辰造とおみつが店から出てくるのを待ち、ふたりが店からすこし離れてから襲うつもりだった。店の戸口だと、店内にいる者に気付かれるからだ。

菊太郎たちが身を隠していっときすると、美浜屋の格子戸があいた。姿を見せたのは、辰造と思われる男と年増である。

「辰造さん、遅くなったわ。急ぎましょう」

年増が、男に声をかけた。やはり辰造である。年増がおみつのようだ。

辰造とおみつは、美浜屋の戸口から離れた。そして、神田川沿いの道を東にむかって歩いていく。

そのとき、辰造とおみつの前に、菊太郎と利助が飛び出した。隼人は、ふたりの背後にまわり込んだ。前後に立って、逃げ道を塞《ふさ》いだのだ。

「だ、だれだ！」

辰造が、叫んだ。

おみつは顔を強張《こわば》らせ、凍りついたようにその場に突っ立っている。

「辰造、縄を受けろ！」

菊太郎が、懐から十手を取り出した。利助も、十手を手にしている。

このとき、隼人は刀を抜き、刀身を峰《みね》に返した。峰打ちで仕留める気なのだ。

「町方か！　掴まってたまるか」

辰造は懐から匕首《あいくち》を取り出した。月光を映じた匕首が、夜陰のなかに青白く浮かび上がったように見える。

「お、おまえさん……！」

おみつが声を震わせて言い、辰造に縋《すが》りつこうとした。

そこへ、利助が踏み込み、おみつの着物の袖を掴んで辰造から引き離した。

ヒイイッ！

おみつは、喉の裂けるような悲鳴を上げた。逃げようとはせず、その場に突っ立っている。

「辰造、観念しろ！」

隼人が叫びざま踏み込み、手にした刀を一閃《いっせん》させた。素早い動きである。

峰打ちが、辰造の脇腹をとらえた。

ギャッ！と悲鳴を上げ、辰造は手にした匕首を落としてよろめいた。そこへ、菊太郎が踏み込み、

「動くな！」

と、声をかけ、辰造の両腕を後ろにとって縄をかけた。まだ、菊太郎は捕縛《ほばく》の経験が少なかったが、辰造が抵抗しなかったので、何とか縛れた。

菊太郎たち三人が、辰造とおみつに縄をかけると、

「父上、このふたりを番屋に連れていって話を聞きたいところですが、もう遅い。どこへ連れていきましょう」

菊太郎が訊いた。

「そうだな、いまからではな」

隼人も、夜遅く番屋に連れ込むのはどうかと思った。かといって、八丁堀まで連れていって、南茅場町《みなみかやばちょう》にある大番屋に連れ込むわけにはいかない。

隼人が迷っていると、

「すこし遠いが、豆菊に連れていきやせんか」

利助が言った。

小料理屋の豆菊は、紺屋町にあった。ここからだと、すこし遠回りにはなるが、八丁堀よりはかなり近い。

「豆菊を借りるか」

そう言って、隼人は菊太郎に目をやった。菊太郎が、ちいさくうなずいた。

菊太郎、隼人、利助の三人は、捕らえた辰造とおみつを連れ、神田川沿いの道を西にむかった。そして、浅草橋を渡り、神田川沿いにつづく柳原通りに出た。

菊太郎たちは柳原通りをさらに西にむかい、和泉《いずみ》橋のたもとを過ぎてから南につづく通りに入った。

通り沿いには店屋や仕舞屋《しもたや》などが並んでいたが、夜の帳《とばり》につつまれ、ひっそりと寝静まっていた。

菊太郎たちは、豆菊のある紺屋町に入った。そして、豆菊の前まで来たが、店の表戸はしまっていた。ただ、起きている者がいるらしく、表の板戸の隙間から、かすかに灯が洩れている。

利助は、戸口の板戸に身を寄せ、

「利助でさァ！　菊太郎の旦那を、お連れしやした」

と、声をかけた。すると、土間を歩く足音がし、だれか戸口に近付いてきた。

「利助か」

板戸の向こうで、八吉の声がした。

「長月の旦那も、ここにいやす」

利助が言うと、脇に立っていた隼人が、

「夜分、済まぬ。長月隼人だ」

と声をかけた。

「長月菊太郎です」

つづいて、隼人の脇にいた菊太郎も名乗った。

「いま、あけやす」

八吉が言い、心張り棒を外す音につづいて、板戸があいた。

姿を見せたのは、八吉だった。まだ、寝間着《ねまき》姿ではない。汚れた前垂れをかけていた。豆菊は夜の遅い商売だった。表戸はしめたが、流し場で客に出した食器類の後片付けでもしていたのだろう。

六

「そのふたりは」

八吉が、後ろ手に縛られている辰造とおみつを見て訊いた。

「増田屋に押し入った賊と、かかわりのある男です」

菊太郎はそう言ったが、胸の内では、辰造は店に押し入った六人のなかのひとりとみていた。これからの尋問で、それをはっきりさせるのだ。

おみつは事件とかかわりがないことがはっきりすれば、頃合をみて放免してもいいと思っていた。ただ、辰造を捕らえたことが、仲間たちに知れるのをすこしでも遅らせたかったので、すぐに放免することはないだろう。

「捕らえたんですかい」

八吉が訊いた。

「そうだ。……茅場町の大番屋に連れていって吟味《ぎんみ》してもいいのだが、もう夜も遅い。それに、与力《よりき》の旦那の手を借りるのも、どうかと思ってな」

隼人が言った。大番屋で吟味するとなると、与力の手を借りねばならないが、辰造ひとりを捕らえただけで、与力に引き渡す気にはなれなかった。

「ともかく、入《へえ》ってくだせえ」

八吉が、隼人たちを店のなかに入れた。

店内は暗かったが、板場にある蠟燭《ろうそく》の灯で、ぼんやりと店内の様子が見てとれた。

「小上がりを借りてもいいか」

隼人が八吉に訊いた。辰造の吟味が終わったら、今夜は菊太郎と小上がりにでも横になって眠るつもりだった。

「使ってくだせえ」

八吉はそう言った後、

「夕飯《ゆうめし》は、どうしやした」

と、小声で訊いた。

「食べた。……八吉、おれたちのことは気にせず、休んでくれ」

「まだ、寝るのは早《はえ》え。……茶を淹《い》れやしょう」

八吉はそう言い残し、板場にもどった。

菊太郎たちは、辰造とおみつを小上がりに上げた。ただ、ふたり一緒に尋問することはできなかったので、おみつは隅の暗がりに座らせておいた。

「菊太郎、おれから訊いていいか」

「はい、お願いします」

菊太郎は一歩うしろに下がった。

「辰造、ここまで来たら、観念するんだな」

隼人が、辰造を見据えて言った。蠟燭の灯に浮かび上がった隼人の顔は、鬼のような凄《すご》みがあった。長年隠密廻《おんみつまわ》り同心としてやってきた父の凄みに、菊太郎は背筋を伸ばした。

「……………！」

辰造は隼人を見上げたが、何も言わなかった。顔が青ざめ、体が顫《ふる》えている。

「北町奉行所の森川どのを知っているな」

隼人は同心の森川の名を出した。

「し、知らねえ」

辰造の声が震えた。

「おい、白を切っても無駄だぞ。森川どのと御用聞きの政次を襲ったのは、おまえだな」

隼人は、辰造の仲間の武士が、森川と政次を斬ったとみていたが、あえて辰造が襲ったと口にしたのだ。

「お、おれじゃァねえ」

辰造がむきになって言った。

「仲間の武士か」

隼人が畳み掛けるように訊いた。

「そ、そうだ」

辰造が、声をつまらせて言った。咄嗟《とっさ》に、八丁堀同心を襲ったことから逃れようとしたらしい。

「武士の名は」

隼人が、語気を強くして訊いた。

「な、長沢彦十郎《ながさわひこじゅうろう》……」

辰造が、声を震わせて言った。

「牢人《ろうにん》か」

「……………」

辰造は無言でうなずいた。体は、まだ顫えている。

「おまえたちの仲間には、もうひとり武士がいたな」

「知らねえ」

「増田屋に押し入った賊は、六人だ。そのなかに、武士がふたりいたことも分かっている」

隼人はそう言った後、

「もうひとりの武士は！」

と、辰造を見据えて訊いた。

「安川《やすかわ》の旦那で……」

辰造が、小声で言った。

「安川も牢人か」

「そうで……」

すぐに、辰造が言った。安川の名を口にして、隠す気が薄れたらしい。

その後、辰造は長身の武士が長沢で、もうひとりが安川だと口にした。

隼人はいっとき間《ま》を置いた後、

「ところで、増田屋に押し入った賊の親分はだれだ」

と、辰造を睨《にら》むように見つめて訊いた。

辰造は、戸惑うような顔をして黙っていたが、

「伝蔵親分でさァ」

と、首を竦めて言った。

「伝蔵な」

隼人は、その場にいた菊太郎と利助に目をやり、「知っているか」と小声で訊いた。

菊太郎は首を横に振ったが、利助が、

「名は聞いたことがありやす」

と、身を乗り出して言った。

「増田屋に押し入ったのは、六人。親分の伝蔵、武士がふたり、長沢と安川。それにおまえだ。……残るふたりは」

隼人は、辰造に目をやって訊いた。

「そ、それが、親分が連れてきた子分というだけで……。ひとりは宗次郎と聞きやしたが、もうひとりの名は聞いてねえんで」

辰造が声をつまらせて言った。

隼人はいっとき黙考していたが、

「伝蔵のことで、知っていることがあったら話してくれ」

と、利助に目をやって言った。

「柳橋や茅町界隈を縄張りにしている親分という話でさぁ」

利助が言った。

「伝蔵は、賭場の貸元もしているのではないか」

隼人が、辰造に訊いた。

「そう聞いてやす」

「増田屋に押し入った者たちは、辰造をはじめ安川や長沢も、茅町界隈にかかわりがあるようだ」

隼人が言うと、菊太郎と利助がうなずいた。

隼人はいっとき口をつぐんでいたが、

「何かあったら、訊いてくれ」

と言って、菊太郎と利助に目をやった。

菊太郎は辰造に顔をむけ、

「賭場は、どこにあるのだ!」

と、語気を強くして訊いた。

「……………」

辰造は、戸惑うような顔をして口をつぐんでいる。

「賭場はどこだ！」

さらに、菊太郎の声が大きくなった。

「茅町二丁目で……」

辰造が首を竦めて言った。

「二丁目のどこだ」

菊太郎が、さらに訊いた。茅町二丁目は日光街道沿いに広がっており、二丁目と分かっただけでは、突き止めるのがむずかしい。

「街道沿いに大松屋《だいまつや》ってえ笠屋《かさや》がありやす。その店の脇の道を入《へえ》った先でさァ」

辰造が言うと、

「大松屋なら、知ってやすぜ」

利助が口を挟んだ。

「賭場は突き止められそうだ。貸元をしているなら、伝蔵は賭場に顔を出すな。どんな形《なり》をしている」

「恰幅《かっぷく》がよくて……」

「他には」

菊太郎が問うと、辰造は思い出したように、

「いつも決まって、深緑の羽織を着ているんでさぁ」

と言った。

「恰幅がよくて、深緑の羽織な」

菊太郎は念を押すように言って、辰造から身を引いた。

次に口をひらく者がなく、その場が沈黙につつまれたとき、

「あっしの知っていることは、みんな話しやした。あっしを見逃してくだせえ」

と、辰造が首を竦めて言った。

「見逃せだと。おまえたちが何をやったか、分かっているのか。増田屋に押し入って大金を奪っただけでなく、手代《てだい》を斬り殺した一味に加わっているのだぞ。さらに、御用聞きまで死に追いやっている」

菊太郎が、昂った声で言った。顔に怒りの色がある。

その夜、菊太郎たちは、豆菊の座敷で仮眠をとった。そして、夜が明けると、縛っておいた辰造を連れて八丁堀にむかった。辰造は、南茅場町にある大番屋に連れていき、仮牢《かりろう》に入れておくことになるだろう。その後、与力に吟味され、伝馬町《てんまちょう》にある牢屋敷に送られるはずである。

また、同行したおみつからも話を聞いたが、事件とのかかわりはないようなので、しばらく豆菊で預かってもらってから放免することになるだろう。

七

菊太郎と隼人は、辰造を大番屋に連れていった日、昼ごろになってから八丁堀の組屋敷を出た。

菊太郎たちが大番屋から組屋敷に帰ってきたのは、朝になってからだった。その後、ふたりは再び仮眠をとり、おたえが仕度してくれためしを食って、組屋敷を出たのだ。

菊太郎と隼人は、辰造が口にした賭場へ行くつもりだった。うまくすれば、増田屋に押し入った賊の親分格である伝蔵を捕らえることができるかもしれない。

途中、神田川にかかる浅草橋を渡ったところで、利助が待っていた。この場で待っていることになっていたのだ。

「待たせたか」

菊太郎が訊いた。

「来たばかりでさァ」

利助が、指先で目を擦《こす》りながら言った。まだ眠いらしい。利助は今朝方、仮眠をとったはずだ。

「行きやしょう」

利助が先に立った。

菊太郎たち三人は、日光街道を北にむかった。そして、茅町二丁目に入った。

「この辺りだったな」

利助はそう言って、街道沿いにある店に目をやりながら歩いた。

茅町二丁目に入って、いっとき歩いたとき、

「あの店だ！」

利助が言って、街道沿いにある笠屋を指差して言った。辰造が口にした笠屋らしい。

笠屋の店先に、菅笠《すげがさ》や網代笠《あじろがさ》などが吊《つる》してあった。その笠の脇に、「大松屋」と書かれた紙が貼ってあった。大松屋は、合羽《かっぱ》も売っているようだ。日光街道沿いにある店なので、旅人用らしい。

「笠屋の脇に、道がありやす」

利助が指差した。大松屋の脇に、細い道がある。賭場は、その道の先にあるのだろう。

「行ってみよう」

隼人が先に立って、大松屋の脇の道に入った。

道沿いには、八百屋、米屋、下駄屋《げたや》など、暮らしに必要な物を売る店が並んでいたが、いっとき歩くと、店屋はまばらになり、仕舞屋《しもたや》や空地などが目につくようになった。行き交う人の姿も、すくなくなった。

「あの板塀の家が、賭場ではないか」

隼人が、路傍に足をとめて指差した。

通りから半町ほど入ったところに、板塀をめぐらせた家があった。家の前が空地になっていて、雑草が生い茂っていた。空地のなかに、通りから家の戸口まで小径《こみち》がつづいている。

菊太郎は、あの家なら、賭場の物音や人声も通行人の耳に届かないだろうと思った。

「賭場は、あの家ですよ」

菊太郎が言った。

「うむ、あそこだな」

菊太郎たち三人は、空地の前まで行ってみた。家の前に、人影はなかった。ひっそりとしている。賭場はとじているようだ。まだ、子分たちも来ていないのかもしれない。

「菊太郎の旦那、どうしやす」

利助が菊太郎に訊いた。

「せっかく来たんだ。伝蔵が貸元をしているかどうか、確かめたい」

「そうだな」

隼人もうなずいた。場合によっては、伝蔵を賭場の貸元として捕らえてもいいと思った。捕らえてから、増田屋に押し入ったことを自白させるのである。

「では、待ってみますか」

菊太郎が、上空に目をやって言った。

陽はまだ高かった。賭場をひらくにはまだ早い。

「どうだ、近くの店で腹拵えでもしてくるか」

隼人が、菊太郎と利助に訊いた。

「それがいい」

菊太郎が言うと、利助もうなずいた。

菊太郎たちは来た道を引き返し、日光街道に出た。そして、街道沿いにある蕎麦屋を目にして店に入った。

三人とも酒は頼まず、蕎麦だけを頼んだ。食べ終えてから賭場のある場にもどり、伝蔵たちが来るのを待たねばならないからだ。

菊太郎たちは腹拵えをし、茶を飲みながらいっとき休んでから蕎麦屋を出た。

陽は西の空に沈みかけていた。通り沿いの店はまだひらいていたが、行き交う人はすくなく、忍び寄る夕闇に急《せ》かされるように足早に通り過ぎていく。

菊太郎たちは、賭場がひらかれると思われる家が、前方に見えてきたところで足をとめた。

「戸口に、だれかいます」

菊太郎が、家を指差して言った。

見ると、戸口の前に男がふたり立っていた。ふたりとも、遊び人ふうの若い男である。

「あのふたり、下足番《げそくばん》ですぜ」

利助が言った。

「賭場をひらく準備をしているのではないか」

隼人は、仕舞屋の戸口を見つめている。

そのとき、菊太郎は、背後で話し声がするのを耳にした。

振り返ると、職人ふうの男が、何やら話しながらこちらに歩いてくる。

「後ろのふたり、賭場へ来たのかもしれない」

菊太郎が言った。

「ここに立っているのは、まずいな。これから、伝蔵が子分たちを連れて、姿を見せるかもしれない」

隼人はそう言い、菊太郎と利助に目をやってからゆっくりと歩き出した。

菊太郎と利助は、隼人につづいてその場を離れた。

菊太郎たち三人は通行人を装い、賭場として使われている家の前を通り過ぎた。前と言っても、家までかなり離れていた。通りから家の戸口まで、空地のなかを小径がつづいている。

菊太郎たち三人は賭場につづく小径の前を通り過ぎ、半町ほど行ったところで足をとめた。そして、賭場にいる者に気付かれないように、路傍で枝葉を茂らせていた樫《かし》の樹陰に身を隠した。

「男たちが、来ます！」

菊太郎が、来た道を指差して言った。

通りの先に、男たちの姿が見えた。ひとり、ふたりとやってくる。職人ふうの男、遊び人、商家の旦那ふうの男、牢人体《てい》の武士……。様々な身分の男たちが、仕舞屋の方に歩いてくる。そして、空地のなかの小径をたどって、仕舞屋へむかっていく。

仕舞屋の戸口には、下足番である遊び人ふうの男がふたりいて、戸口まで来た男たちを家のなかに案内している。

菊太郎たち三人は、樫の樹陰に身を隠したまま仕舞屋と通りに目をやっている。

八

菊太郎たちが樹陰に身を隠して、半刻（一時間）ほど経ったろうか。何人もの男が、賭場に入った。

「そろそろ、博奕が始まってもいいころだが、まだ、貸元の伝蔵らしい男は姿を見せんな」

隼人が、通りの先に目をやって言った。賭場をひらく前に、貸元をしている伝蔵は姿を見せるはずである。

そのとき、隼人の脇に立っていた利助が、

「来やした！」

と声を上げ、伸び上がるようにして通りの先に目をやった。

通りの先に、何人もの男の姿が見えた。七、八人いるだろうか。町人が多いようだったが、武士の姿もあった。

「伝蔵たちですね」

菊太郎が言った。

男たちは、次第に近付いてきた。遊び人ふうの男が三人、牢人体の武士がふたり、それに、羽織に小袖姿の男がふたりいた。

七人の男は、何やら話しながら歩いてくる。

「間違いない。貸元の伝蔵たちだ」

隼人が声を殺して言った。

ふたりの武士は、長沢と安川であろう。ふたりに守られるように、羽織に小袖姿の恰幅のいい年配の男がいた。

菊太郎が小さく叫んだ。

「深緑色の羽織だ！　あれが伝蔵です」

伝蔵に間違いなさそうだ。一緒にいる羽織に小袖姿の男は、代貸《だいがし》らしい。遊び人ふうの男はおそらく、壺振《つぼふ》りと伝蔵のそばにいることの多い兄貴格の子分であろう。

「どうしやす」

利助が小声で訊いた。

「ここで、手を出すことはできぬ」

隼人が声をひそめて言った。相手は七人、そのなかにふたりの武士がいる。隼人たち三人だけでは、相手にならないだろう。

七人の男は賭場につづく細い道の前まで行くと、遊び人ふうの男がふたり先に立った。その後に、代貸、伝蔵、ふたりの武士と続き、しんがりに子分のひとりがついた。

七人は、戸口にいた下足番と思われる子分に迎えられて賭場へ入った。

菊太郎たち三人は、樹陰に身を隠したまま賭場へ目をやっていたが、

「父上、どうします」

菊太郎が隼人に訊いた。

「賭場へ踏み込むことはできんし……。せっかく伝蔵たちの居所を摑んでも、手が出せんのか」

隼人が、無念そうに言った。

すると、脇にいた利助が、

「もうすこし待ちやすか。貸元の伝蔵は、博奕が終わるまで賭場にいるはずはねえ。博奕が始まっていっときもすれば、後は代貸に任せて出てくるはずですぜ」

と、仕舞屋を見つめて言った。

通常、貸元は賭場に集まった客たちに挨拶《あいさつ》した後、いっときは別の座敷にとどまるが、後を代貸に任せて帰るはずである。

「もう少し待つか」

隼人が、言った。

菊太郎、隼人、利助の三人は、樹陰に身を隠したまま伝蔵たちが姿をあらわすのを待った。

しばらくすると、辺りは夕闇につつまれ、賭場になっている仕舞屋の戸口から洩れる灯が、はっきりと見えるようになった。

賭場では博奕がおこなわれているらしく、時々、男たちの話し声やどよめきなどが聞こえてきた。

「そろそろ出てきても、いい頃だがな」

利助が、仕舞屋に目をやって言った。

まだ、貸元の伝蔵と子分たちは、賭場から姿を見せなかった。

博奕が始まって、一刻（二時間）ちかく経ったろうか。この間に、仕舞屋から博奕に負けて金のつづかなくなった者が、ひとりふたりと姿を見せた。そして、通りに出て帰っていく。

「伝蔵は、博奕が終わるまで、賭場にいるのかな」

菊太郎がつぶやいた。

「そんなことはない。貸元は途中で帰るはずだ」

隼人がそう言ったとき、

「出てきた！」

利助が、身を乗り出して言った。

見ると、仕舞屋の戸口に人影があらわれた。先に出てきたのは、下足番らしい若い男で、つづいて来るとき伝蔵の供をした遊び人ふうの男がふたり、その後に長沢と安川――。ふたりの武士につづいて、伝蔵が姿をあらわした。それに、伝蔵の後から、恰幅のいい男がひとり姿を見せた。兄貴格の子分であろうか。三十がらみに見えた。

「伝蔵たちを捕らえやすか」

利助が意気込んで言った。

菊太郎は一瞬立ち上がったが、

「駄目だ。あれだけ子分がいると返り討ちに遭いますね」

と、肩を落として言った。

下足番の若い男は戸口に残り、伝蔵のそばに、五人の男がついた。

伝蔵の子分のひとりが、提灯《ちょうちん》を持っていた。その男が先に立ち、伝蔵たちは来た道を帰っていく。

隼人、菊太郎、利助の三人は、その場から動かなかった。

提灯の灯が遠ざかると、隼人たち三人は樹陰から出た。

「今日のところは、引き揚げるしかないな」

隼人が言い、通りを歩き出した。

遠方に提灯の灯を見ながら、菊太郎たちは夜道を歩いていく。

第四章　隠れ家

一

「父上、伝蔵の身近にいる子分のひとりを捕らえますか」

菊太郎が、声高《こわだか》に言った。

菊太郎、隼人、利助の三人で、賭場《とば》を探りに行った翌日である。

四ツ（午前十時）を過ぎていた。昨夜、帰りが遅かったため、ふたりは陽《ひ》が高くなってから目を覚ましたのだ。

菊太郎と隼人は、おたえが仕度してくれた遅い朝飯を食べてから、庭に面した座敷に来ていた。

「捕らえて、どうする」

隼人が訊《き》いた。

「親分の伝蔵、それに、安川と長沢の住処《すみか》を聞き出すのです」

「聞き出して、三人を別々に捕らえるのか」

「そうです」

菊太郎が、身を乗り出して言った。

「おれも同じことを考えたが、捕らえた男が、伝蔵や安川たちの住処を知っているとは限らんぞ」

隼人が言った。

「安川と長沢の住処は知らなかったとしても、親分の住処は知っているはずです」

「そうだな」

隼人も、菊太郎と同じように考えていた。ただ、捕らえた男から伝蔵の住処を聞き出したとしても、住処を知っている子分が捕らえられたことを伝蔵が知れば、住処を変えるはずである。

隼人がそのことを話すと、

「住処を変えたら、賭場を見張ればいいんです」

菊太郎が言った。

「どういうことだ」

「伝蔵の賭場の帰りに、跡を尾《つ》けるのです。伝蔵は、新しい隠れ家に行くはずです」

「それなら、初めから賭場を見張って、伝蔵の跡を尾けた方が早いぞ。伝蔵の隠れ家は、おれたちの手で突き止めることができる」

「そうかもしれません。そばにいるのが、二、三人の子分なら、伝蔵と一緒に捕らえることができます」

　菊太郎が、声を大きくして言った。

「うむ……」

　隼人は虚空《こくう》に目をやって、いっとき黙考していたが、

「念のため、天野の手も借りるか」

と、声高に言った。

「天野さんに、話してきましょうか」

　菊太郎は、天野と増田屋で顔を合わせていた。その後、天野も市中巡視の傍ら盗賊の探索にあたっているので、事件のことは承知しているはずだ。

「いや、おれが行く。……ただ、天野は市内巡視に出ている。話をするのは、陽が沈むころだな」

　そう言って、隼人は腰を上げた。

天野の住む組屋敷は、長月家の近くにあった。隼人がまだ現役の同心だったころか

ら天野と親しくしていて、多くの事件に一緒にかかわってきた。

隼人は組屋敷を出ると、天野家にむかった。天野はまだ組屋敷に帰っていないはずなので、家の者に話してくるのだ。

隼人が天野家からもどった後、菊太郎は隼人とともに組屋敷に残り、天野が来るのを待っていた。

天野は八ツ半（午後三時）ごろ、長月家に姿を見せた。小袖《こそで》に黒羽織《くろばおり》という市中巡視の格好をしていた。市中巡視から組屋敷にもどった後、着替えずに長月家に来たらしい。

「天野、上がってくれ」

隼人は、すぐに天野を庭の見える座敷に連れていった。そして、座敷に顔を出したおたえに茶を頼んだ。

隼人、天野、菊太郎の三人が、座敷で顔を合わせると、

「天野、見回りで疲れているのに、呼び出したりして済まんな」

隼人が、言った。

「いえ、長月さんたちが、連日、増田屋の件で走り回っているのを知っています。わたしは、本腰を入れて事件の探索にあたらず、申し訳ないと思っています」

天野が、隼人と菊太郎に目をやって言った。

「増田屋の件で、天野の手を借りたいのだ」

隼人が声を低くして言った。

菊太郎は隼人の脇に座し、無言で天野に目をやっている。この場だけは、隼人に任せるつもりなのだ。

「はい、もちろんお手伝いします」

天野が言った。

「実は、増田屋に押し入った賊の頭格《かしらかく》の男を摑《つか》んだのだ」

そう言って、隼人は伝蔵という男が、盗賊の頭格であり、やくざの親分であることも話し、

「伝蔵を捕らえて吟味《ぎんみ》すれば、増田屋に押し入った賊のこともはっきりする」

と、言い添えた。

「伝蔵の居所も、摑んでいるのですか」

天野が、身を乗り出して訊いた。

「まだ、居所は摑んでないが、伝蔵が貸元をしている賭場は摑んでいる。……だが、子分たちがそばにいることが多く、迂闊《うかつ》に手が出せないのだ。それで、天野の手を借

りたい」

隼人が言った。

「わたしに、できることはやります」

天野が、語気を強くして言った。

「頼む」

隼人は、天野の手を借りて伝蔵を捕らえようと思った。

二

菊太郎と隼人は、天野と会った翌日、陽が高くなってから八丁堀の組屋敷を出た。日本橋川にかかる江戸橋のたもとで、天野たちが待っていた。ここで、待ち合わせることにしてあったのだ。

天野は三人の手先を連れていた。小者《こもの》の与之助《よのすけ》、それに岡っ引きの元助《げんすけ》、下っ引きの信助《しんすけ》である。その場に、利助と綾次の姿もあった。利助をとおして、綾次にも話してあった。

「これだけいれば、何とかなるな」

隼人が、男たちに目をやって言った。

菊太郎たちは、入堀沿いの道から日光街道に出た。街道を東方にむかい、神田川にかかる浅草橋を渡った。渡った先が、茅町一丁目である。

菊太郎たちは、街道沿いにある蕎麦屋《そばや》に立ち寄った。まだ、夕餉《ゆうげ》には早かったが、これから賭場を見張ったり、伝蔵たちの跡を尾けたりすると、夜になる。それで、腹《はら》拵《ごしら》えをしておこうと思ったのだ。

菊太郎たちは陽が西の空にまわったころ、蕎麦屋を出た。そして、街道沿いにある大松屋という笠屋《かさや》の脇の道に入った。

いっとき歩くと、前方に板塀をめぐらせた家が見えてきた。伝蔵が貸元をしている賭場として使われている家である。

「あれが、賭場だ」

隼人が、指差して言った。

「まだ、賭場はひらいてないようだ」

天野が賭場に目をやって言った。

「伝蔵たちが、姿を見せるまで待とう」

隼人が言い、男たちは賭場の前を通り過ぎた。

菊太郎、隼人、利助、綾次の四人は、路傍で枝葉を茂らせている樫《かし》の樹陰に身を隠した。そこは先日、隼人、菊太郎、利助の三人で賭場を見張った場所である。

今日は総勢八人もいたので、樫の樹陰だけに全員が身を隠すのは無理である。天野たち四人は、すこし離れた別の樹陰にまわった。

菊太郎たちがその場に来て、半刻（一時間）ほど経《た》ったろうか。

「来やした！」

樫の樹陰にいた利助が、通りの先を指差して言った。

見ると、遊び人ふうの男がふたり、賭場の方に歩いてくる。

ふたりの男は、雑草のなかの小径《こみち》をたどって家の前まで行くと、戸口に立って辺りに目をやった。そして付近に人影がないのを確かめてから、板戸をあけて家に入った。

「やつら、賭場をひらく仕度をしに来たんですぜ」

利助が言った。

「伝蔵の子分たちだ」

隼人が、その場にいた男たちに目をやって言った。

それから、小半刻（三十分）ほどすると、さらに遊び人ふうの男が三人姿を見せ、賭場のなかに入った。やはり、伝蔵の子分らしい。

三人につづいて、職人ふうの男、遊び人、商家の旦那ふうの男などが、ひとり、ふたりと姿を見せ、なかに入っていく。博奕《ばくち》を打ちに来た男たちである。

「そろそろ、賭場がひらくころだ」

利助がそう言った時、通りの先に目をやっていた菊太郎が、

「来ます、伝蔵たちが!」

と、身を乗り出して言った。

通りの先に、男たちの姿が見えた。伝蔵たちである。貸元の伝蔵の他に、七人の男の姿があった。以前見たときと同じ人数である。今日も深緑色の羽織を羽織った親分の伝蔵、長沢と安川、代貸《だいがし》、壺振《つぼふ》り、それに伝蔵の子分が、ふたりいる。

「捕らえやすか!」

天野のそばにいた与之助が、身を乗り出して言った。意気込んでいる。

「焦るな。下手《へた》に動くと、おれたちが殺《や》られるぞ」

天野が、そばにいた手先にも聞こえる声で言った。

見ていると、伝蔵たちは、仕舞屋の戸口にいた下足番《げそくばん》の男に迎えられて賭場に入った。その後、職人ふうの男や遊び人など博奕を打ちに来たらしい男たちが何人も姿を見せ、下足番に案内されて次々となかに入っていった。

「賭場からの帰りを狙うのだ」

隼人が、その場にいる男たちに聞こえる声で言った。

それから、一刻（二時間）ほど経ったろうか。博奕が始まってしばらくしたとき、賭場の戸口から、男たちが出てきた。

「伝蔵たちだ！」

利助が、身を乗り出して言った。

見ると、下足番の男につづいて戸口から出てきた男たちのなかに、貸元の伝蔵の姿があった。

菊太郎たちの目は、賭場の戸口にむけられた。

「父上、人数が多いようです」

菊太郎が戸口を見ながら言った。

姿を見せたのは、八人だった。ひとりは下足番だが、残る七人は伝蔵、武士の安川と長沢、それに子分が四人である。

「代貸や壺振りは、賭場に残っているはずだぞ」

天野が言った。

「おれたちに、気付いたのかもしれん。代貸たちのかわりに、別の子分がくわわったようだ。……おそらく、賭場からの帰りを狙われるのを恐れて、子分の人数を減らさなかったのだ」

　隼人が言った。

「用心深いやつだ！」

　天野の声に、苛立《いらだ》ったような響きがあった。

「どうします」

　菊太郎が、隼人と天野に目をやって訊いた。

「跡を尾けよう。どこかで、子分たちは離れるはずだ」

　隼人が言うと、その場にいた男たちがうなずいた。

三

　菊太郎たちは、伝蔵たちの跡を尾け始めた。辺りは夜陰に包まれていたが、月夜だったので、何とか伝蔵たちの姿を見ることができた。

　伝蔵たちは賭場の前の細い道を歩き、大松屋の脇から日光街道に出た。そして、浅草橋の方に歩いていく。

　伝蔵たちは浅草橋のたもとまで来ると、左手に足をむけた。そして、神田川沿いの道を東にむかった。その辺りは、茅町一丁目である。

菊太郎たちは神田川沿いの道に入ると、歩調を緩め、伝蔵たちとの間を広くとった。そこは、日光街道と違って人通りがすくなかった。そのため、振り返られると気付かれる恐れがあったからだ。その道は柳橋に通じており、通り沿いには、料理屋や料理茶屋などがあった。

前を行く伝蔵たちの姿が、急に見えなくなった。道沿いにあった料理屋の脇の小径に入ったようだ。

二階建ての大きな料理屋で、まだ客がいるらしく、二階の座敷から嬌声《きょうせい》や男たちの笑い声などが聞こえた。

料理屋の戸口の掛看板に「御料理　福沢屋《ふくざわや》」と書いてあった。

菊太郎たちは小走りになった。そして、福沢屋の脇から、小径を覗《のぞ》いてみた。福沢屋から洩《も》れる灯《ひ》で、伝蔵たちの後ろ姿が夜陰のなかにぼんやりと見えた。

菊太郎たちも、福沢屋の脇の小径に入っていった。

前を行く伝蔵たちは、福沢屋からすこし離れた場所に建っている仕舞屋《しもたや》の戸口に足をとめた。二階建ての大きな家である。起きている者がいるらしく、灯が洩れていた。

伝蔵たちは、家の戸口に立った。そして、一緒に来た子分のひとりが、表戸をたたいた。

すると、表戸があいた。姿を見せたのは、年増《としま》だった。伝蔵の情婦《いろ》かもしれない。

伝蔵が年増になにやら声をかけ、家のなかに入った。すこし遅れて、一緒に来た安川と長沢、それに四人の子分もなかに入っていった。

菊太郎たちは、仕舞屋の近くで足をとめた。

「ここが、伝蔵の隠れ家ですね」

菊太郎が言った。

天野や菊太郎たちは路傍に足をとめて、仕舞屋に目をむけた。

「踏み込みやすか」

利助が菊太郎と隼人の顔を交互に見た。

その場に、菊太郎たちと天野が連れてきた手先たちを含め、総勢八人の男がいた。

「駄目だ。隠れ家には、さらに何人もの子分がいるとみていい。それに、安川と長沢もいる。踏み込めば、返り討ちに遭う」

隼人は、その場に集まった手先たちだけに聞こえる声で言った。

「伝蔵の隠れ家を摑んだのだ。出直した方がいい」

そばにいた天野が、言い添えた。

「今夜のところは、引き揚げよう」

隼人が、男たちに言った。

翌朝、陽がだいぶ高くなってから、天野が八丁堀にある長月家の組屋敷に姿を見せた。

昨夜、茅町からの帰りに、隼人が、

「天野、明日、おれの家に来てくれ。今後のことを相談しよう」

と、声をかけたのだ。

隼人が庭の見える座敷に天野を案内し、顔を見せたおたえに茶を頼んでから、

「天野、どう手を打つ」

と、隼人が天野に訊いた。

天野はいっとき黙考していたが、

「伝蔵の塒《ねぐら》に踏み込むのは、やめた方がいいと思います」

と、静かな声で言った。

「おれも、天野と同じ考えだ」

隼人が言うと、脇に座していた菊太郎は無言でうなずいた。

次に口をひらく者がなく、座敷が重苦しい沈黙に包まれたとき、

「やはり、人を集めて賭場への行き帰りに襲いますか」

と、菊太郎が言った。

「それも手だが、賭場への行き帰りに仕掛けたとしても、安川と長沢がいる限り、味方から大勢の犠牲者が出るぞ」

隼人が顔を厳しくして言った。

「あのふたりがいなければな。いつでも、伝蔵たちを捕らえられるのだが……」

天野が首を捻《ひね》った。

「それなら、安川と長沢がいないときに、襲えばいい」

菊太郎が声高に言った。

「安川と長沢は、いつも伝蔵のそばにいるぞ」

隼人が口を挟んだ。

「ふたりが伝蔵のそばを離れることは、あるはずです。ふたりは伝蔵の子分ではなく、客分のはずです」

「たしかにそうかもしれんな」

隼人が言った。

「客分なら、ふたりは伝蔵の塒から出て、別の場所に行くことがあるはずです」

「菊太郎の読みどおりかもしれん」

隼人が言うと、天野がうなずいた。

「安川と長沢がひとりになったとき、襲えば、捕らえることができます」

菊太郎が語気を強くして言った。

「そうだな。……伝蔵の塒を見張るか。安川と長沢もそうだが、伝蔵を捕らえる機会があるかもしれん」

隼人が、菊太郎と天野に目をやって言った。

そのとき、おたえが盆を手にして座敷に入ってきた。盆には、湯飲みが載っていた。おたえは、三人の男の膝先に湯飲みを置くと、

「天野さま、ゆっくりなさってくださいね」

そう声をかけ、座らずに座敷から出ていった。男たちの話の邪魔にならないように気を遣ったらしい。

四

菊太郎と隼人は天野と話した翌朝、組屋敷を出ると、天野家に立ち寄った。一緒に、茅町にむかうのである。

天野は小者の与之助だけを連れて、菊太郎たちと一緒になった。四人は八丁堀を後にし、日本橋川にかかる江戸橋を渡り、入堀沿いの道をたどって日光街道に出た。さらに、日光街道を東にむかい、神田川にかかる浅草橋を渡った。そして、橋のたもとを右手に折れ、神田川沿いの通りに入った。その辺りは、茅町一丁目である。

菊太郎たちが茅町一丁目に入って間もなく、道沿いに植えられた柳の樹陰から利助と綾次が姿を見せた。

「利助、どうした。何かあったのか」

すぐに、隼人が訊いた。隼人たちは利助と綾次に、今日ここに来るとは話していなかったのだ。

「旦那たちはここに来ると睨《にら》んで、綾次とふたりで先に来て待ってたんでさァ」

利助が言うと、綾次がうなずいた。

「それで、何か変わったことはあったか」

隼人が、ふたりに目をやって訊いた。

「へい、旦那たちが来る半刻ほど前《めえ》、見覚えのある男が、伝蔵の隠れ家に入っていくのを見やした」

利助が言った。

「だれだ」

「伝蔵が賭場に行くとき一緒にいた代貸のようでさァ」

「代貸か」

隼人は、代貸が親分の伝蔵の家に姿を見せても不思議はない、と思った。

「名は、安五郎《やすごろう》でさァ」

利助によると、一緒にいた若い男が、「安五郎兄い」と呼んだので、名が知れたという。

「安五郎か」

菊太郎は、聞き覚えのある名ではなかったが、伝蔵の弟分のような立場なら増田屋に押し入った賊のひとりと考えてよいのではないかと思った。

「それで、安五郎は、いまも伝蔵の家にいるのか」

隼人が訊いた。

「いるはずでさァ」

利助は仕舞屋を見つめて、「まだ、家から出てこねえ」と呟《つぶや》いた。

「それで、安川と長沢は見掛けなかったか」

隼人は、ふたりの武士のことが気になっていた。

「ふたりの姿は、見掛けやせん。……ですが、伝蔵の家に近付いたとき、武士が喋《しゃべ》っているのを耳にしやした」

利助は、武家言葉だったので武士と知れたと言った。

隼人はそばにいた天野に目をやり、

「どうする」

と、訊いた。

仕舞屋のなかには、親分の伝蔵の他に安五郎という男が来ているらしい。それに、安川と長沢もいるとみておいた方がいい。

「子分たちが大勢いるようなので、踏み込んで捕らえるのは難しいでしょう」

天野が厳しい顔をして言った。

「ここにいる者たちだけで踏み込めば、捕らえるどころか、返り討ちに遭うな」

隼人も、踏み込んで伝蔵たちを捕らえるのは無理だと思った。

次に口をひらく者がなく、その場が重苦しい沈黙につつまれたとき、

「やはり、隠れ家から出てきた者を捕らえるしか、手はありません」

と、菊太郎が身を乗り出して言った。

「よし、近くに身を隠し、家から出てくるのを待とう。武士であっても、相手がひと

りなら捕らえられる」

隼人が言うと、その場にいた男たちがうなずいた。

菊太郎は、しばらく隠居生活をしていた父が、再び現場を仕切る姿を見て、また一緒に探索にあたれることを頼もしく思った。

菊太郎、隼人、天野の三人は、手先の三人とともに神田川沿いに植えてあった柳の樹陰に身を隠した。そして、通り沿いにある福沢屋の脇から、安川、長沢、代貸の安五郎、それに、親分の伝蔵が姿をあらわすのを待っていた。四人は、いずれも増田屋に押し入った賊とみていい。それに、宗次郎という男も、子分のひとりとして伝蔵のそばにいるはずである。

菊太郎たちが、樹陰に身を隠して半刻（一時間）ほど経った。伝蔵も、子分と思われる男たちも、やってくる様子はなかった。

「姿を見せんな」

隼人が、生欠伸《なまあくび》を噛《か》み殺して言った。

「あっしが、様子を見てきやしょうか」

利助が、隼人に目をやって訊いた。

そのときだった。料理屋の脇に目をやっていた菊太郎が、

「出てきた！」

と、身を乗り出して言った。

見ると、福沢屋の脇から遊び人ふうの男がふたり、姿を見せた。小柄な男と、まだ十五、六歳と思われる若い男である。

その場にいた菊太郎たちは、ふたりの顔を見たことがあったが、名は知らない。

「よし。ふたりとも、捕らえる！」

隼人はそう言った後、「天野たちは、ふたりの後ろにまわってくれ」と天野に声をかけた。

天野は無言でうなずいた。

ふたりの男は福沢屋の脇から通りに出ると、浅草橋の方へ足をむけた。

「行くぞ！」

隼人は声をかけ、樹陰から出た。そして、小走りにふたりの男に近付いた。息切れすることもある隼人だが、いまはそれをまったく感じさせない。菊太郎、利助、綾次の三人が、後につづいた。

隼人からすこし遅れて、天野も手先とともに樹陰から出た。そして、福沢屋に近付いた。ふたりの男の背後に、まわり込むつもりなのだ。

隼人たちは神田川の岸際を通って、ふたりの男の前に出た。

ふたりの男は驚いたような顔をして隼人たちを見たが、すぐに、町方だと気付いたらしく、反転して逃げようとした。だが、ふたりの男の足はとまったままだった。天野たちが、前に立ち塞《ふさ》がっていたのである。

「ちくしょう！　挟み撃ちか」

小柄な男が叫びざま、懐に手を突っ込んだ。匕首《あいくち》でも取り出そうとしたらしい。

隼人は素早く抜刀し、

「動くな！」

と言って、切っ先を小柄な男の喉元にむけた。

小柄な男は目を剝《む》き、右手を懐に突っ込んだまま身を顫《ふる》わせた。もうひとりの男は、その場に突っ立ったまま動かない。

そこへ、菊太郎や天野たちが近付き、ふたりの男を取り囲んだ。

五

菊太郎たちは、ふたりの男に縄をかけた。

「どうします」

天野が隼人に訊いた。

「ふたりから話を聞きたいが……。八丁堀まで連れていくのは面倒だ。近くの番屋に連れていくか」

隼人が、菊太郎に目をやって言った。

番屋は、自身番《じしんばん》のことだった。ちょっとした事件の場合、町方同心が捕縛《ほばく》した者を番屋に連れ込んで吟味することがあった。その結果によって、放免したり、大番屋に送ったりするのである。

隼人たちは、捕らえたふたりの男と増田屋に押し入った盗賊とのかかわりを吟味するつもりだった。大番屋に連れていかなくとも番屋で十分できる、と踏んだのだ。それに、大番屋で吟味するとなると、与力《よりき》にも話さねばならないし、今日明日というわけにはいかない。

「では、まず番屋で訊いてみますか」

そう言って、天野も同意した。

ただ、大勢で番屋に入ることはできなかったので、隼人、菊太郎、天野の三人だけで行くことにして、利助たち岡っ引きは、それぞれの塒《ねぐら》に帰ることになった。茅町に残り、隠れ家を見張る手もあったが、伝蔵の子分たちに気付かれて襲われる恐れがあったのだ。

菊太郎、隼人、天野の三人は、捕らえたふたりの男を連れて、福井町《ふくいちょう》一丁目にむかった。そこにある番屋へ行くのだ。

番屋には家主がひとり、それに番人がふたりいた。三人は戸口近くの座敷に腰を下ろして何やら話していた。

菊太郎たち三人がふたりの男を連れて番屋に入ると、家主が驚いたような顔をした。

「八丁堀の長月と天野だ。捕らえた男を吟味したいのでな。座敷を借りるぞ」

菊太郎が声をかけた。

「ど、どうぞ、お使いになって……。てまえたちは表の座敷にいやすから、何かあったら声をかけてくだせえ」

家主が声を震わせて言った。

八丁堀の同心が捕らえた男を番屋に連れてきて、吟味することは珍しいことではなかった。ただ、同心が何人もで一緒に入ってくることは、滅多にない。

菊太郎たちは、家主と番人ふたりが戸口近くの座敷に移るのを待ってから、捕らえたふたりの男を奥の座敷に連れ込んだ。

菊太郎は、まず小柄な男を座敷のなかほどに座らせた。もうひとりの男は若く、十

五、六に見えた。仲間が近くにいると、小柄な男が喋らないとみた隼人は、気を利かせて若い男を部屋の隅に連れていって座らせた。
菊太郎は小柄な男の前に座し、

「名は」

と、訊いた。

小柄な男は、口をつぐんだまま身を顫わせている。

「名乗らなければ、痛い思いをするだけだぞ。吟味の途中、おれたちに逆らったことにでもすれば、どんな拷問《ごうもん》もできる。……耳を削《そ》ぎ落とし、腕の一本を斬り落としてもかまわんぞ」

菊太郎はそう言うと、傍らに置いてあった刀を抜き、切っ先を男の耳に当てた。

「名は！」

菊太郎が語気を強くして訊いた。

「そ、宗次郎で……」

男が声を震わせて名乗った。

……やはり、宗次郎か。

菊太郎は、胸の内でつぶやいた。この男も、増田屋に押し入った賊のひとりである。

ただ、菊太郎は、宗次郎に増田屋に押し入った賊のひとりかどうかは訊《たず》ねなかった。いまはまだ口にしない方が、訊いたことに答えるだろうと踏んだのだ。

「親分の伝蔵は、ふだん料理屋の裏手の家に住んでいるのか」

菊太郎が訊いた。

「そうで」

「代貸の安五郎も仲間か」

と、穏やかな声で訊いた。

宗次郎は戸惑うような顔をしたが、

「………」

無言のままちいさく頷《うなず》いた。

菊太郎は胸の内で、「これで、増田屋に押し入った六人の賊が、はっきりした」とつぶやき、父隼人と目を合わせ、無言でうなずき合った。

親分が伝蔵、ふたりの武士が安川と長沢、それに代貸の安五郎、捕らえた辰造、そして、目の前にいる宗次郎である。

菊太郎は、そばにいた天野に、

「何かあったら訊いてください」

と、声をかけた。

天野は宗次郎に膝を寄せ、

「宗次郎、安川と長沢だが、いつも親分の伝蔵のそばにいるのか」

と、世間話でもするような口調で訊いた。

「長沢の旦那は、親分のそばにいることが多いが、安川の旦那は出掛けることが、ありやす」

「どこへ出掛けるのだ」

すぐに、天野が訊いた。

「情婦《いろ》のところだと聞いてやす」

「その情婦は、どこにいるのだ」

「柳橋の料理屋で、女中をしているそうで」

「料理屋の名は」

畳み掛けるように、天野が訊いた。柳橋は料理屋や料理茶屋などが多いことで知られている。料理屋と分かっただけでは、探しようがない。

「浜松屋《はままつや》と聞きやした」

「浜松屋な。……どの辺りにあるのだ」

「詳しいことは知らねえが、店は神田川沿いにあると聞きやした」

「神田川沿いな」

天野はそれだけ聞けば、浜松屋は突き止められると思い、宗次郎から身を引いた。

次に訊く者がなく、座敷が静寂につつまれたとき、

「あっしは、どうなるんで」

と、宗次郎が首を竦《すく》めて訊いた。

「どうなるかな。……吟味方の与力が、決めてくれる」

菊太郎はそう言ったが、宗次郎は商家に押し入って大金を奪い、奉公人まで殺した賊のひとりである。斬罪《ざんざい》は免れないだろう。

菊太郎たちは、もうひとりの若い男からも話を聞いた。

若い男は浅次《あさじ》という名で、伝蔵の子分になって一年ほどしか経っていないという。増田屋に押し入った件には、関与してなかった。

この取り調べの間、隼人は口を挟まず、菊太郎が訊くのを見ていた。いつの間にか堂々と吟味している倅《せがれ》の姿を見て、頼もしく成長したと思った。

菊太郎たちは、念のため宗次郎だけでなく浅次も連れて番屋を出ると、八丁堀にむかった。宗次郎は、辰造と同じように南茅場町にある大番屋の仮牢《かりろう》に入れておくつも

りだった。浅次は伝蔵の子分ということで吟味されるだろうが、処罰されるかどうかは分からない。

六

宗次郎を捕らえた二日後、天野が四ツ（午前十時）ごろになって、長月家の戸口に姿を見せた。小者の与之助を連れている。

菊太郎、隼人、天野の三人は、柳橋に行くことになっていたのだ。安川を捕らえるためである。

陽が西の空に傾いたころ柳橋に着けばいい、と話してあったので、今になって天野が顔を出したのだ。

菊太郎たちは宗次郎から、盗賊のひとり、安川の情婦が、柳橋の料理屋、浜松屋で女中をしていると聞いた。それで、浜松屋を見ておくと同時に、安川が姿をあらわすのを待って、捕らえるつもりだった。ただ、安川が素直に縄を受けるとは思えないので、討ち取ることになるかもしれない。

「どうだ、茶でも飲んでから行くか」

隼人が天野に声をかけた。

「いや、茶は朝飯を食べた後飲んだばかりなので、このまま柳橋にむかいたいと思います」

天野が言った。長月家の台所を預かっているおたえの手を煩わせたくない、と気を遣ったのだろう。

「出掛けるか」

隼人も、これから茶を飲んでゆっくり過ごしている時間はないと思ったらしく、それ以上勧めなかった。

菊太郎と隼人、それに天野と与之助は、長月家の組屋敷を出ると、柳橋にむかった。日本橋川にかかる江戸橋のたもとまで来ると、利助と綾次が待っていた。菊太郎がふたりに橋のたもとで待つよう、話しておいたのだ。

菊太郎たち六人は江戸橋を渡り、入堀沿いの道を経て日光街道に出た。街道を東にむかい、両国広小路に出てから神田川にかかる柳橋を渡れば、柳橋と呼ばれる地に出ることができる。

菊太郎たちは柳橋のたもとに出ると、神田川沿いの通りで足をとめた。

「浜松屋は、どこかな」

菊太郎が、その場にいた男たちに目をやって言った。

「この辺りで、訊いてみるか」

隼人が言うと、

「あっしが、そこの店で訊いてきやす」

利助が言い、道沿いにあった蕎麦屋に入った。

待つまでもなく、利助は蕎麦屋から出てきた。そして、菊太郎たちに走り寄ると、

「浜松屋は、この通りの先でさァ」

そう言った後、早口で喋ったことによると、神田川沿いの道を西にむかって二町ほど歩くと、道沿いに二階建ての料理屋があるという。付近に大きな料理屋はないので、行けばすぐに分かるそうだ。

「行ってみましょう」

菊太郎が言い、男たちは川沿いの道を西にむかった。

二町ほど行くと、先頭を歩いていた利助が、

「あの店ですぜ」

そう言って、通りの先を指差した。

通り沿いに、二階建ての料理屋らしい店があった。付近に大きな店がないので、遠くからでも目につく。

菊太郎たちは、料理屋の前まで行って足をとめた。戸口の掛看板に、「御料理　浜松屋」と記してある。

「この店か」

隼人が、戸口の掛看板に目をやって言った。

「どうします」

菊太郎が、その場にいる男たちに訊いた。

「ここで、浜松屋を見張っていても、安川がいつ姿をあらわすか分からないぞ」

隼人が言った。

「たしかに、安川の情婦《いろ》の名も分からないし、ここで浜松屋を見張っていても、仕方がないですね」

天野がそう言ったとき、

「あっしが、情婦と安川のことを訊いてきやす」

利助が身を乗り出して言った。

「利助、だれに訊くつもりだ」

菊太郎が訊いた。

「店の者に、安川の旦那に頼まれて来たと言って、それとなく情婦のことを訊いてみやすよ。安川は、この店に何度も顔を出してるはずだ。店の女中や下働きの男なら、安川のことを知ってるはずでさァ」

「利助、頼むぞ」

菊太郎が言った。

「行ってきやす」

利助はそう言い残し、足早に浜松屋にむかった。そして、店の入口の格子戸《こうしど》をあけ、なかに入っていった。

利助は、なかなか出てこなかった。路傍に立って浜松屋に目をむけていた菊太郎は、痺《しび》れを切らし、

「おれが、様子を見てきます」

と、浜松屋に足をむけた。

菊太郎が浜松屋の入口近くまで近付いたとき、格子戸があいて、利助が姿を見せた。

利助は近付いてくる菊太郎のそばに行き、

「待たせてしまって、申し訳ねえ」

と、言って、照れたような顔をした。

「父上たちに、話してくれ」

菊太郎はそう言って、利助と一緒に隼人たちのいる場にもどってきた。

「安川の情婦の名は、おきみ。色気のあるいい女ですぜ」

利助が、薄笑いを浮かべて言った。

「利助、安川の情婦と会ったのか」

隼人が、驚いたような顔をして訊いた。

「顔を出した女将《おかみ》に、安川の旦那に頼まれてきたと話したんでさァ。女将が、それなら直接話してほしいと言って、安川の情婦のおきみを連れてきたんで」

利助が言った。

「それで、おきみとどんなことを話したのだ」

隼人が訊いた。

「咄嗟《とっさ》のことで、何を話せばいいか、迷ったんですがね。安川の旦那は、しばらく浜松屋に来られないので、それを知らせに来た、と頭に浮かんだことを話したんで」

「おきみは、何と言った」

「あたしの方で行くから心配しないでと安川の旦那に伝えてほしい、と頼まれやした」

利助が、苦笑いを浮かべて言った。

「いずれにしろ、安川の動きを摑むには、浜松屋でなく福沢屋の裏手にある伝蔵の隠れ家を見張るしかないのだな」

　隼人が言った。

「そうでさァ」

「伝蔵の隠れ家に行ってみよう」

　その場にいた男たち六人は、茅町へ足をむけた。

　隼人たちは、福沢屋の近くに行き、通り沿いの柳の樹陰に身を隠した。そこから、隠れ家へとつづく福沢屋の脇の小径に目をやっていたが、安川や他の子分たちはいっこうに姿をあらわさなかった。

七

　翌日、隼人と菊太郎、天野の三人は、それぞれ手先を連れ、八丁堀から伝蔵の隠れ家のある茅町一丁目にむかった。

　菊太郎たちは隠れ家を見張り、伝蔵はむろんのこと、代貸の安五郎、用心棒の長沢と安川などが、姿を見せたら捕らえるつもりだった。

　伝蔵の隠れ家に踏み込むことも考えたが、長沢や安川がいると、味方から何人もの犠牲者が出るとみた。それで、長沢や安川など腕の立つ者を捕らえてから、隠れ家に踏み込むなり、賭場にむかう途中で捕らえるなりするつもりだった。

菊太郎たちは、神田川沿いの通りに植えられた柳の樹陰に身を隠し、福沢屋に目をやった。福沢屋を見張るのではなく、脇の小径から出てくる者に目を配っていたのだ。

「出てくるかな」

菊太郎が、福沢屋の脇に目をやりながら言った。

「出てくるはずだ。子分たちも、伝蔵の隠れ家に一日中とどまるわけには、いかないだろうからな」

隼人が言った。

それから、一刻（二時間）ほど経ったろうか。福沢屋の脇から、男がふたり姿を見せた。ふたりとも遊び人ふうである。

「あのふたり、捕らえますか」

菊太郎が隼人に目をやって訊いた。

「やめよう、ふたりとも三下《さんした》だ」

隼人が、近くにいる手先たちにも聞こえる声で言った。

ふたりの男は神田川沿いの通りに出ると、何やら話しながら浅草橋の方へ歩いていく。ふたりの男が行ってしまってから、さらに半刻（一時間）ほど経った。福沢屋の

脇にずっと目をやっていた菊太郎が、

「出てきた！」

と、昂《たかぶ》った声で言った。

「安川だ！」

天野が身を乗り出した。

安川は福沢屋の脇から通りに出ると、左右に目を確かめてから、柳橋の方にむかって歩き出した。

「浜松屋へ行くつもりかもしれませんね」

菊太郎が言った。

「浜松屋のおきみのところだな」

隼人も、安川は浜松屋へ行くのではないかとみた。

「どうしますか」

利助も身を乗り出して、菊太郎と隼人、両方に訊いた。

「跡を尾けよう」

隼人が言った。

「利助、先頭を頼む」

菊太郎は、利助に先に立って安川の跡を尾けるよう指示した。安川が振り返って見ても、利助ひとりなら町方とは思わないはずだ。菊太郎たちは間をとって、利助の跡を尾けていく。

先を行く安川は、浜松屋の前で足をとめた。そして、通りの左右に目をやってから店に入った。

利助は安川が店に入ったのを確かめると、身を引き、神田川の岸際に立って菊太郎たちが来るのを待った。

「安川は、情婦《いろ》のおきみのところに来たようだ」

隼人が言った。

「すぐには、出てこないな」

天野は、浜松屋の店先に目をやっている。

「安川を捕らえるいい機会です。安川は遅くなっても、店に泊まるようなことはないはずです」

菊太郎が言うと、天野と隼人もうなずいた。

長丁場になることを覚悟し、菊太郎たちは交替で腹拵えをしてくることにした。

それから、一刻ほど経つと、陽は西の空にまわった。通り沿いにある店の影が、長く路上に伸びている。

「そろそろ出てきてもいいころなんですが」

菊太郎が、浜松屋の店先に目をやってつぶやいた。

そのとき、浜松屋の格子戸があいた。

「安川だ！」

菊太郎が身を乗り出して言った。

浜松屋から姿を見せたのは、安川と情婦のおきみである。ふたりは、店の入口に立ったままいっとき話していたが、

「おきみ、また来る」

と、安川が声をかけ、入口から離れた。

おきみは入口に立ったまま、安川の後ろ姿を見つめている。

安川は、神田川沿いの通りを福沢屋がある方にむかって歩いていく。

「利助、安川の前にまわってくれ」

菊太郎が言った。足の速い利助なら、安川の前にまわり込めるとみたようだ。

「おれも、行く」

菊太郎が言って、利助につづいた。

利助と菊太郎は安川に近付くまで走り、間が狭まると足早に歩き出した。そして、道の隅を通って、安川の前にまわり込んだ。

この間に、隼人たちも、安川の背後に迫っていた。

安川は、前にまわり込んできた利助と菊太郎を目にして足をとめた。ふたりが、行く手に立ち塞がったからだ。

「町方か!」

安川は刀の柄《つか》に右手を添え、抜刀の体勢をとった。

「安川、観念しろ!」

菊太郎は刀を抜いた。ただ、斬るつもりはなく、素早く刀身を峰に返した。

菊太郎の脇に立った利助は、十手を手にして身構えている。

そこへ、隼人と天野たちが近寄り、安川の背後に立ち塞がった。隼人も刀を抜き、刀身を峰に返した。天野たちは、十手を手にしている。

「大勢で、待ち伏せか!」

安川の顔が憤怒《ふんぬ》に歪《ゆが》んだが、すぐに困惑の色に変わった。逃げ道がない、と分かったようだ。

「安川、行くぞ!」

隼人が声をかけた。隼人は、安川が捨て身になって、菊太郎に斬り込むのを防ごうとしたのだ。

安川は隼人の声で反転した。そして、隼人に切っ先をむけるなり、

「殺してやる！」

と、叫びざま斬り込んだ。

踏み込みざま袈裟《けさ》へ——。

唐突な仕掛けで、迅《はや》さも鋭さもなかった。

隼人は背後に身を引きざま、刀身を横に払った。

安川の切っ先は空を切り、隼人の刀身は前に伸びた安川の右の前腕をとらえた。峰打ちである。

安川は右腕を強打され、手にした刀を取り落とした。安川はたたらを踏むようによろめき、足がとまると、左手で右の前腕を押さえた。激痛で顔が歪んでいる。右腕の骨が折れたらしい。

隼人の腕は、隠居しても衰えていなかった。

「安川、観念しろ！」

つづいて、菊太郎が、手にした刀の切っ先を安川の喉元にむけた。

「お、おのれ！」

安川は、激痛に引き攣《つ》った顔で突っ立っている。

「縄をかけろ！」

菊太郎が、利助に目をやって言った。

利助は、安川の両腕を後ろにとって縄をかけた。長年岡っ引きをやっているだけあって、手際がいい。

「こやつ、どうしますか」

天野が、隼人と菊太郎を交互に見て訊いた。

「番屋に連れていって、訊くこともないでしょう」

菊太郎は、安川が増田屋に押し入った賊のひとりであることは分かっていたし、捕らえた宗次郎から証言も得ていたので、いまあらたまって吟味する必要はないと思った。残る武士の長沢、親分の伝蔵、代貸の安五郎の三人を捕らえてから、一緒に吟味すればいいのである。

「ともかく、今日のところは、大番屋に連れていきましょう」

菊太郎が、男たちに目をやって言った。

第五章　賭場

一

「天野、どう手を打つ」

隼人が天野に訊《き》いた。

　菊太郎は隼人の脇に端座し、天野に目をやっている。

　三人がいるのは、長月家の庭の見える座敷だった。安川を捕らえてから三日経《た》っていた。この三日の間に、菊太郎たちは二度、茅町一丁目に出掛け、伝蔵の隠れ家を探ったが、これといった動きはなかった。ただ、伝蔵をはじめ子分たちは、安川が捕らえられたことを知ったらしく、用心して何人もで一緒に隠れ家を出ることが多くなった。

「隠れ家に踏み込むのは危険ですし、下手《へた》に仕掛けると、肝心の伝蔵や長沢が姿を消す恐れがありますね」

天野が言った。

次に口をひらく者がなく、座敷が重苦しい沈黙につつまれたとき、

「伝蔵たちが、隠れ家を出たときに捕らえますか」

と、菊太郎が身を乗り出して言った。

「それも手だが、伝蔵たちは、用心してなかなか隠れ家から出ないからな」

隼人は首を捻《ひね》った。

「隠れ家を出るときがあります」

菊太郎が、声高《こわだか》に言った。

「いつだ」

「賭場《とば》です。伝蔵がひらいている賭場です。出入りしないわけにはいかないはずです」

「賭場か！」

隼人の声も、大きくなった。

「はい、賭場を張って行き帰りを狙うのです。手下が減っているので、なんとか捕らえられるはずです」

「それしかないかもしれんな」

隼人はそう言った後、いっとき黙考していたが、

「だが、伝蔵たちとて用心はしているだろう。下手に仕掛けると、返り討ちに遭うな」

と、菊太郎と天野、交互に目をやって言った。

「ともかく、賭場へ行き来する伝蔵たちの様子がいまどんなふうか、いまいちど見に行ってみますか」

天野が言った。

「そうしよう」

隼人も、賭場へ行き来する伝蔵たちの様子をあらためて探ってから仕掛けようと思った。

その日、菊太郎、隼人、天野の三人は、身装《みなり》を変えた。隼人と天野は小袖《こそで》を着流し、大刀だけを差した。無頼牢人《ぶらいろうにん》ふうである。菊太郎はまだ若いこともあって、小袖に袴《はかま》姿《すがた》で大小を帯びた。武家の子弟といった感じである。

菊太郎たち三人は八丁堀から日光街道に出て、賭場のある茅町二丁目にむかった。そして、茅町二丁目まで来ると、以前立ち寄ったことのある蕎麦屋《そばや》で腹拵《はらごしら》えをした。賭場を見張るとなると、帰りが遅くなるからだ。

三人は蕎麦屋を出ると、街道沿いにある大松屋という笠屋《かさや》の脇の道に入った。この道の先に、賭場があるのだ。

大松屋の脇の道を歩いていくと、前方に板塀をめぐらせた家が見えてきた。賭場として使われている家である。

菊太郎たち三人は、路傍に足をとめて家に目をやった。以前見たときと、変わりなかった。まだ、家の近くに人影はない。

「前に身を隠した樫《かし》の木の陰で、見張りましょう」

菊太郎が言った。これまで二度、菊太郎たちは樫の樹陰に身を隠して、賭場を見張ったことがあったのだ。

「そうするか」

隼人が言い、三人は樫の樹陰に身を隠した。

それから、小半刻（三十分）ほど経ったろうか。

「来ました！」

菊太郎が、通りの先を指差して言った。

遊び人ふうの男が三人、何やら話しながら賭場の方へ歩いてくる。

「あの三人、伝蔵の子分だな」

菊太郎が言った。

隼人も、伝蔵の子分だろうと思った。おそらく、賭場をひらく準備をするために先に来たのであろう。

菊太郎たちが思ったとおり、三人の男は雑草のなかの小径《こみち》をたどって家の前まで行った。そして、周囲に目をやってから戸口に立って板戸をあけ、家のなかに入った。

以前見たときと同じように、伝蔵の子分たちが先に来て、賭場をひらく準備を始めた。

「賭場は、変わりないようだ」

隼人が言った。

三人が家に入って、さらに小半刻ほど経ったろうか。通りの先に、ひとり、ふたりと男の姿が見えた。遊び人ふうの男、職人ふうの男、商家の旦那ふうの男などが、賭場に入っていく。

菊太郎たちは、樹陰から通りに目をやり、伝蔵たちが来るのを待っていた。

「来ました！」

菊太郎が、小声で言った。

通りの先に、男たちの姿が見えた。

「伝蔵たちです」

菊太郎が言った。

男たちが、歩いてくる。五、六人いる。遠方だが、武士の姿も見てとれた。近付くと、何者かはっきりしてきた。貸元の伝蔵、武士の長沢、代貸《だいがし》の安五郎、遊び人ふうの男は伝蔵の子分たちであろう。

「以前見たときから人数は減っているが、やはり相当まわりを気にしているようだ」

隼人は、ここにいる三人では、今回もやはり伝蔵たちに太刀《たち》打ちできないと思った。下手に仕掛けると、返り討ちに遭う。

隼人たちは樹陰に身を隠したまま、伝蔵たちが賭場に入っていくのを見ていた。

伝蔵たちの姿が家のなかに消えると、

「帰りの様子も、見ておきますか」

天野が訊いた。

「無駄だな。おそらく、来たときと変わらぬ人数の子分が、伝蔵につくだろう」

隼人が言った。

次に口をひらく者がなく、その場が沈黙につつまれると、

「また策を練って出直すか」

隼人が言って、樹陰から出た。

菊太郎と天野も、隼人につづいて、来た道を引き返していく。

二

菊太郎、隼人、天野の三人は、日光街道にむかった。今日のところは、このまま八丁堀に帰るのである。

「捕方たちを大勢集めて、賭場を襲いますか」

歩きながら、菊太郎が言った。

「おれたちの手で、捕方を大勢集めることはできない。与力《よりき》に話して集めてもらっても、大勢の捕方が賭場を襲う前に、伝蔵たちは姿を消すだろう。そうなったら、伝蔵たちを捕らえるのは、むずかしくなる」

隼人が言うと、脇にいた天野がうなずいた。

三人はしばらく無言で歩いていたが、

「手はある」

と、隼人が口をひらいた。

菊太郎と天野の目が、隼人にむけられた。

「賭場に来る伝蔵や子分たちを一斉に捕らえようとせず、安川のときのようにひとりひとり捕らえるのだ。今回はそうやって、地道に伝蔵を追いつめていくしかないだろう」

隼人が言った。

「まず、だれを狙いますか」

天野が訊いた。

「増田屋に押し入った一味のなかで、残るのは親分の伝蔵、代貸の安五郎、武士の長沢だな」

隼人が言った。

菊太郎たちは、すでに六人の賊のなかの辰造、宗次郎、安川の三人を捕らえていたのだ。

「伝蔵たちを見張って、安川のときと同じように、ひとりになった者を狙って順に捕らえよう」

隼人が言った。

「ですが、伝蔵だけでなく子分たちも用心して、ひとりで出歩かなくなるかもしれませんよ」

菊太郎が、つぶやくような声で言った。

三人は厳しい顔をして無言で歩いた。

そのとき、菊太郎が、何か思いついたような顔をして、

「いい手がある！」

と、声を上げた。

隼人と天野が、菊太郎に目をやった。

「おれが、囮《おとり》になります」

菊太郎が昂《たかぶ》った声で言った。

「どうするつもりだ」

隼人が訊いた。

「福沢屋の近くを、伝蔵たちの隠れ家を探るような振りをして歩きます。そうすれば、子分たちの目にとまり、おれを始末しようとして跡を尾《つ》けてくるはずです。そこへ父上たちが飛び出して、子分たちを捕らえてください」

「だが、下手をすると、菊太郎が子分たちの手にかかるかもしれんぞ」

隼人が戸惑うような顔をした。

「おれが、囮になろう」

天野が身を乗り出して言った。

「天野どのでは、子分たちも警戒して跡を尾けたりしないはずです」

菊太郎がきっぱりと言った。

「たしかに天野では、子分たちも用心するな」

隼人は、「いたしかたないか」と小声で言った。

それで、話はついた。


翌日、陽《ひ》が高くなってから、菊太郎、隼人、天野、それに、利助と綾次、天野の手先の元助の六人が、茅町にむかった。

菊太郎たちは昨日の帰りに、利助や元助たちに連絡したのだ。菊太郎が囮になって敵を呼び出しても、敵の人数や場所によっては、取り逃がしてしまう恐れがあった。それで、利助や元助たちも連れていくことにしたのだ。

隼人たちは、茅町一丁目の神田川沿いの通りに出て前方に福沢屋が見えると、路傍に足をとめた。

「福沢屋は、ひらいているようだ」

隼人が言った。

「店の裏手にある伝蔵の隠れ家も、変わりないようだが……」

天野が、福沢屋の脇の小径に目をやって言った。

「おれが、様子を見てきます」

菊太郎が、その場にいた男たちに目をやって言った。

「おれたちは、柳の陰に身を隠しているぞ。……菊太郎、無理をするなよ」

隼人が、菊太郎に目をやって言った。さすがに心配そうな顔をしている。

「無理はしません。子分をおびき出したら、後はお願いします」

菊太郎は、隼人とその場にいた男たちに目をやって言った。

菊太郎はひとり、福沢屋の脇の小径に足をむけた。

その場にいた隼人たちは菊太郎の後ろ姿に目をやっていたが、その姿が福沢屋の脇まで行くと、急いで川沿いに植えられた柳の樹陰に身を隠した。

菊太郎は福沢屋の脇まで来て、その場に足をとめた。そして、奥にある家を覗《のぞ》くように見た。

その場から、菊太郎はなかなか動かなかった。しつこく探る振りをしながら、伝蔵の子分たちの目にとまるのを待っているようだ。

菊太郎が福沢屋の脇に立って、小半刻も経ったろうか。ふいに、菊太郎が踵《きびす》を返して、通りに出てきた。そして、ゆっくりとした歩調で、浅草橋のある方へ歩き出した。

そのとき、福沢屋の脇からふたりの男が姿を見せた。ひとりは遊び人ふうの若い男、もうひとりは代貸の安五郎だった。安五郎は、増田屋に押し入った賊のひとりである。

ふたりの男は、菊太郎を尾け始めた。

菊太郎は、ふたりの男に気付かない振りをして歩いていく。

三

菊太郎が、福沢屋から半町ほど離れたときだった。

「行くぞ！」

と、隼人が天野たちに声をかけ、樹陰から飛び出した。

天野と利助たち三人の手先も、樹陰から通りに出て菊太郎たちの後を追った。

前を行く菊太郎は、福沢屋から一町ほど離れたところで足をとめた。そして、踵を返し、後ろから来る若い男と安五郎に体をむけた。

安五郎と若い男が、足をとめた。

「気付いていたか」

安五郎が言って、腰の長脇差《ながわきざし》に手を添えた。若い男も、懐に手をつっ込んで身構えている。懐に匕首《あいくち》でも呑《の》んでいるのだろう。

菊太郎は刀の柄《つか》に右手を添え、

「かかったな」

と、安五郎を見据えて言った。

「なに！」

安五郎が、戸惑うような顔をした。

そのとき、遊び人ふうの男が、

「安五郎兄い！　後ろから」

と、引き攣《つ》ったような顔をして声を上げた。

安五郎は振り返り、背後に迫ってくる隼人や天野たちを目にすると、

「町方だ！」

と叫び、逃げようとして周囲に目をやった。だが、逃げ場はなかった。それに、隼人や天野たちが間近に迫っている。

「皆殺しにしてやる！」

安五郎が、長脇差を抜いた。

だが、その長脇差が小刻みに震えている。興奮して、手に力が入り過ぎているのだ。

「安五郎、観念しろ！」

菊太郎が、安五郎の前に一歩踏み込んだ。手にした刀を峰《みね》に返している。

「死ねッ！」

安五郎が叫びざま踏み込み、手にした長脇差を袈裟《けさ》に払った。

咄嗟《とっさ》に、菊太郎は身を引いて長脇差の切っ先をかわすと、鋭い気合を発し、安五郎の右腕を狙って刀身を払った。

安五郎の切っ先は空を切り、菊太郎の刀身は、安五郎の右の二の腕を強打した。

ギャッ！

と、悲鳴を上げ、安五郎は手にした長脇差を落としてよろめいた。

菊太郎は素早く踏み込み、

「動くな！」

と言いざま、切っ先を安五郎の喉元に突きつけた。

安五郎は目をつり上げ、身を顫《ふる》わせている。

こうしている間に、隼人が峰撃ちで若い男を仕留めていた。若い男は峰に返した刀身で右肩を強打され、苦しげな呻《うめ》き声を上げている。

「ふたりに、縄をかけろ！」

菊太郎が、その場にいた利助たちに声をかけた。

利助、綾次、元助の三人は、まず安五郎の両腕を後ろにとって縛り、つづいて若い男にも縄をかけた。手際がいい。三人とも、こうした捕縛《ほばく》に慣れているようだ。

「引っ立てろ！」

菊太郎が、利助たちに声をかけた。

「菊太郎、腕を上げたな」

番屋にむかいながら隼人が声をかけると、菊太郎は照れくさそうに笑った。

菊太郎たちは、捕らえた安五郎と若い男を、福井町一丁目にある番屋に連れ込んだ。以前捕らえた宗次郎と浅次から話を聞いた番屋である。

まず、菊太郎たちは若い男から話を聞いた。

男の名は泉吉《せんきち》。まだ十六歳で、伝蔵の子分になってまだ一年余だという。賭場の近くで仲間たちと幅を利かせていたが、伝蔵の子分たちに声をかけられ、弟分になったそうだ。

菊太郎たちは泉吉から話を聞き終えると、別の部屋へ連れていき、今度は安五郎を座敷に連れてきた。

「安五郎、おまえにはこまかいことは訊かぬ。仲間の辰造や安川から、すでに聞いているからな」

菊太郎はそう言った後、

「親分の伝蔵とは、どこで知り合ったのだ」

と、穏やかな声で訊いた。

安五郎は、戸惑うような顔をした。菊太郎の尋問が、世間話でもするような口調だったからだろう。

「福沢屋の近くだ」

安五郎が答えた。

「そのころも、伝蔵は親分だったのか」

「そうだ。……子分は、何人もいなかったがな」

安五郎によると、茅町界隈《かいわい》で幅を利かせていた遊び人と喧嘩《けんか》になりそうになったとき、近くを通りかかった伝蔵が助けてくれたのが縁で、子分になったという。

菊太郎が間《ま》を置いたとき、隼人が口をひらいて、

「ところで、やくざの親分が呉服屋に押し入ったのは、どういうわけだ」

と訊いた。

隼人は、やくざの親分が商家に押し込みに入ることが、腑《ふ》に落ちなかったのだ。

隼人の問いに、菊太郎と天野も、うなずいた。ふたりの胸にも同じ思いがあったの

だろう。

「金だ」

安五郎が素っ気なく言った。

「金だと！」

隼人の声が、大きくなった。

「親分は、隠れ家の前にある福沢屋の店と女将《おかみ》を気に入っていた。それで、福沢屋を買い取り、女将を情婦《いろ》にしたかったのだ。そうすれば福沢屋の旦那に収まることができ、世間の目から逃れることもできる」

「福沢屋を買い取る金のためだけに、人を斬ったのか」

隼人がつぶやくと、そばにいた菊太郎たちも、あまりにも勝手な言い分に顔をしかめた。

次に口をひらく者がなく、その場が重苦しい沈黙につつまれると、

「おれたちは、どうなるのだ」

安五郎が訊いた。

「おまえたちをどうするか決めるのは、吟味《ぎんみ》に当たる与力だ」

と菊太郎が告げたが、隼人は胸の内で、死罪は免れまい、とつぶやいていた。

四

菊太郎たちは安五郎と泉吉を捕らえた翌日も、茅町にむかった。残る頭目の伝蔵と長沢を捕らえるためである。

伝蔵と長沢は、まだ、福沢屋の裏手の隠れ家にいるはずだった。ふたりは、仲間や子分が次々に捕縛され、このままだと自分も捕らえられると思い、隠れ家を出て身を隠すのではないか、とみていた。それで、間《ま》を置かずに、伝蔵と長沢を捕らえるために、茅町にむかったのだ。

途中、利助と綾次、それに天野の手先の元助も一緒になった。

菊太郎たちが福沢屋の近くまで来たのは、四ツ（午前十時）過ぎだった。菊太郎たちは、福沢屋からすこし離れた場で足をとめた。

「福沢屋は、店をひらいていますね」

菊太郎が、福沢屋の店先に目をやって言った。

店の入口に、暖簾《のれん》が出ていた。店内から、かすかに女の声や廊下を歩くような足音が聞こえてきた。まだ、客はいないようだが、店の女中や若い衆は、仕事を始めているようだ。

「裏手の隠れ家に、伝蔵たちはいるでしょうか」

菊太郎が言った。

「いるはずだ。あの家の他に、伝蔵たちの隠れ家はないからな」

隼人は、伝蔵だけでなく長沢や他の子分たちもいるとみていた。

「しばらく、様子を見ますか」

菊太郎が隼人に訊いた。

「そうだな」

隼人が言い、その場にいた男たちは、道沿いで枝葉を茂らせていた柳の樹陰に身を隠した。

菊太郎たちは身を隠したまま、半刻ほど福沢屋の脇に目をやっていたが、伝蔵も子分たちも姿を見せなかった。

「様子がおかしい」

隼人が、つぶやいた。

「だれも姿を見せませんね」

脇にいた天野が言った。

「隠れ家で、何かあったかな」

「様子を見てきましょうか」

天野が言って、樹陰から出ようとすると、

「天野さんでは、目につきます。利助、綾次、頼めるか」

菊太郎がそう言うと、利助と綾次はへい、とうなずいて、樹陰から出た。

ふたりは福沢屋の脇まで行くと、奥にある家を覗くように見ていたが、ふたりで何か言葉を交わした後、その場を離れ、奥にむかった。伝蔵の住む隠れ家を探りに行ったらしい。

利助と綾次は、しばらく戻ってこなかった。

菊太郎は、ふたりのことが心配になり、

「おれが様子を見てくる」

と言って、樹陰から出た。

だが、その足はすぐにとまり、樹陰にもどった。利助と綾次が、福沢屋の脇から出てきたのだ。

ふたりは、小走りに菊太郎たちのいる場にもどってきた。

「どうした、何かあったのか」

すぐに、隼人が訊いた。

菊太郎、天野、手先の元助の三人も、樹陰から出て利助たちのそばに集まった。

「隼人の旦那、裏手の家に、伝蔵たちはいねえんでさァ」

利助が言った。

「だれも、いないのか」

隼人が身を乗り出して訊いた。

「下働きの爺《じい》さんが、いやした」

「爺さんだけか」

「そうでさァ。爺さんの話だと、今朝暗いうちに伝蔵や子分たちは、家を出たそうで」

「行き先は」

天野が、脇から身を乗り出して訊いた。

「それが、爺さんは行き先を聞いてねえそうなんで」

「どういうことだ」

菊太郎が、首を傾《かし》げた。

その場にいた男たちは、顔を見合っていたが、

「伝蔵が夜逃げしたとは、思えないなァ」

天野が言って、腑に落ちないような顔をした。

「近所に、別の隠れ家があるのかもしれん」

隼人が言った。

そのとき、菊太郎が、

「賭場かもしれない！」

と、声高に言い、

「ひょっとして、伝蔵は賭場で寝泊まりをしはじめたのではないでしょうか」

と続けた。

その場にいた男たちの目が、菊太郎に集まった。

「伝蔵にとって、賭場は身を隠すのに都合のいいところです。子分たちと一緒にいられるし、子分たちが出入りしても、不審を抱く者はいない」

菊太郎が言うと、その場にいた男たちがうなずいた。

「賭場に、身を隠しているというのか」

隼人が、納得したような顔をして言った。

男たちは口をとじたまま顔を見合っていたが、

「いずれにしろ、賭場に伝蔵たちがいるかどうか、確かめておこう」

隼人が言うと、その場にいた男たちがうなずいた。

菊太郎たちは神田川沿いの道から、日光街道に出た。そして、大松屋の脇の道に入った。

菊太郎たちは通行人を装い、互いにすこし間をとって、大松屋の脇の道を歩いた。いっときすると、前方に板塀をめぐらせた家が見えてきた。賭場として使われている家である。

菊太郎たちは、賭場から半町ほど離れた路傍に足をとめた。

「まだ、静かなようだな」

隼人が言った。

その場から見ただけではは っきりしないが、賭場に使われている家の近くに人影はないようだ。

「おれが見てきます」

菊太郎が言った。

その場を離れた菊太郎は、通行人を装ったまま、伝蔵たちが賭場として使っている家に近付いた。そして、家の前まで行くと、歩調を緩めて聞き耳を立てた。

……いる！

である。

菊太郎は、家のなかで何人もの男の声がするのを耳にした。物言いは、遊び人ふうである。

菊太郎は家の前を通り過ぎ、半町ほど歩いてから足をとめて踵を返した。そして、足早に隼人たちのいる場にもどってきた。

五

「います、何人も！」

菊太郎が、声高に言った。

「伝蔵たちか」

隼人が訊いた。

「いえ、伝蔵がいるかどうかは分かりませんでした。ですが、長沢はいるようです」

菊太郎が家のなかから、「長沢の旦那」と呼ぶ声が聞こえたことを話した。

「やはり、賭場に身を隠していたか」

「どうしやす」

利助が訊いた。

「無理して踏み込むことはない。この場にいる者たちだけで踏み込んだら、返り討ちに遭うぞ」

隼人は、伝蔵たちが手下を増やして賭場にひそんでいるとみていた。それに、伝蔵たちには地の利もある。

「しばらく、身を隠して様子を見よう」

隼人は、まず、賭場にいる者たちのことを探ろうと思った。子分の人数が少なければ、賭場に踏み込むことができる。それに、伝蔵や長沢が子分たちを連れずに姿を見せたら、捕らえるなり、討ち取るなりすればいいのだ。

隼人たちは、賭場になっている家から離れ、以前身を隠した樫《かし》の樹陰に身を隠して、賭場に目をやった。

それから、一刻（二時間）ほど経ったろうか。陽は西の空にまわり、樹陰や家の軒下などには、淡い夕闇が忍び寄ってきた。

「そろそろ、賭場をひらくころですぜ」

利助が言った。

「戸口から、出てきました」

菊太郎が指差した。

家の戸口を見ると、若い男がふたり姿を見せた。下足番《げそくばん》である。

「そろそろ、賭場に来る男たちが姿を見せるころだな」

隼人が、通りの先に目をやった。

ひとり、ふたりと歩いてくる男の姿が見えた。遊び人ふうの男、職人、商家の旦那ふうの男……。様々な身分の男たちが、ひとり、ふたりと姿を見せ、下足番と思われる男に迎えられて、賭場に入っていく。

「どうします」

天野が、隼人と菊太郎に訊いた。

「客が大勢いるなかに、踏み込むわけにはいかないな」

隼人は、賭場のほうを見ながら言った。

すると、隼人の脇にいた菊太郎が、

「ともかく、伝蔵がいるかどうか確かめますか」

と、その場にいた男たちに目をやって言った。

「下足番に訊くわけにはいかねえし、賭場を覗いて見ることもできねえ」

利助が、つぶやいた。

「だれか、賭場から出てくれれば、話が聞けますよ」

菊太郎が言った。

「そうだな。なんにせよ、伝蔵がいるかどうかは確かめねばなるまい」

隼人が言うと、その場にいた男たちがうなずいた。

それから、半刻（一時間）余が過ぎた。辺りは薄暗くなり、賭場は始まったらしく、中盆《なかぼん》の「張ったり、張ったり」という声や、客の男たちの歓声やどよめきなどが、聞こえてきた。

さらに、半刻ほど過ぎた。辺りは夜陰に包まれ、賭場になっている家の灯《ひ》が、辺りを照らしている。

そのとき、賭場の戸口に目をやっていた利助が、

「出てきやした！」

と、昂った声で言った。

見ると、家の戸口からふたりの男が姿を見せた。ふたりとも、職人ふうである。博《ばく》奕《ち》を打ちに来た客らしい。そのふたりにつづいて、遊び人ふうの男が姿を見せた。下足番である。

職人ふうの男は博奕に負けて懐の金が尽き、勝負ができなくなったので、仕方なく帰るのだろう。

ふたりの男は、何やら話しながら通りに出ると、日光街道の方へ歩き出した。

「このまま見張っていても、埒《らち》が明かねぇ。あっしが、賭場の様子を訊いてきやす」

そう言って、利助が樹陰から出た。

利助は、小走りになってふたりの男に近付いた。

ふたりは足をとめ、驚いたような顔をして利助を見た。

「何か用ですかい」

三十がらみと思われる大柄な男が、利助に訊いた。もうひとりはまだ若く、十七、八に見えた。

「いま、ふたりが、賭場から出てきたのを目にしてな。……おれも、勝負してぇのだが、今からでも賭場に入《へえ》れるかどうか、訊いてみようと思って声をかけたのよ」

利助は、咄嗟に頭に浮かんだことを口にした。

「まだ、入れるぜ」

大柄な男が、素っ気なく言った。

「貸元の伝蔵親分は、まだいるのかい」

利助は、伝蔵の名を出して訊いた。

「いるぜ。ちかごろ、親分は賭場から帰《けえ》らねえ」

大柄な男が、歩調を緩めて言った。利助のことを、博奕を打ちに来た男と信じたのであろう。

「賭場に、泊まり込みかい」

利助は、驚いたような顔した。

「そうらしい」

「親分の住処《すみか》は、別にあると聞いたがな」

「おれもそう聞いてるが、ちかごろは、町方に目をつけられねえように、賭場に身を隠してるようだぜ」

大柄な男が、声《こえ》をひそめて言った。

「へえ、親分も町方が怖えのか」

利助が、驚いたような顔をした。

「ちかごろ、子分が何人かお縄にされて、親分も、表通りは歩けねえようだぜ」

大柄な男の口許《くちもと》に、薄笑いが浮いた。

「でもよ、おれは、伝蔵親分のそばには、腕の立つ二本差しが、ふたりもいるから安心だと聞いてるぜ」

利助は、長沢がいるかどうか、確かめようとしたのだ。

「それがよ、二本差しのひとりは、町方につかまったらしいぜ」

「すると、親分のそばにいる二本差しは、ひとりか」

「そうよ。……子分も少なくなったようだし、親分は怖くて賭場から出られねえのかもしれねえ」

「町方が怖くて、賭場から出ねえのか。……貸元も、いくじがねえな。大丈夫かよ」

「ほとぼりがさめるまで、隠れているつもりじゃァねえのか」

「それにしても、めしはどうしてるんだい。伝蔵親分や子分たちは、あの家で煮炊きしてるのかい」

利助が訊いた。

すると、利助と大柄な男のやり取りを聞いていた若い男が、

「親分や子分たちの多くは、街道沿いにある店に出掛けて、飲み食いしてるんじゃねえのか」

と、脇から口を挟んだ。

「そうだろうな。あの家でも煮炊きはできるだろうが、大勢の男が飲み食いするほど仕度するのは、無理だろうからな。それに、女のいるところで、一杯やりてえ男たちが多いはずだ」

「おれたちも一杯やりてえが、今夜は駄目だ。めしを食う金もねえ」

そう言って、大柄な男が足を速めた。もうひとりの若い男が、慌てた様子でついていく。

利助は、路傍に足をとめてふたりの男に目をやっていたが、ふたりが遠ざかると、踵を返して菊太郎たちのいる場にもどってきた。

「賭場の様子が、だいぶ知れやした」

利助はそう切り出し、ふたりの男から聞いたことを一通り話した。

「親分の伝蔵や子分たちは、賭場をひらいているときはあの家にいるのだな」

隼人が念を押すように訊いた。

「そうでさァ」

「賭場に踏み込んで、伝蔵たちを捕らえるのは、おれたちだけでは無理だな。与力に話して、大勢の捕方を集めてもらうことになるが……」

隼人は語尾を濁した。

「ですが、子分が少なくなったせいで、伝蔵は怖がっているってぇ話でしたぜ」

利助が言った。

「でも、与力が大勢の捕方を連れて賭場を襲うまでに、伝蔵たちは気付いて逃げるかもしれません」

天野が話に割って入った。

「そうですね。伝蔵たちを逃がすわけにはいきません。金のためだけに人を殺す輩《やから》は、おれたちの手で確実に捕らえたい」

菊太郎の胸の内には、伝蔵たちを自分たちの手で捕らえたいという強い思いがあった。それは、隼人と天野、そして、この場にいる御用聞きたちも同じであった。

「伝蔵たちは、あっしらの手でお縄にしやしょう」

利助が言うと、その場にいた綾次と元助も強くうなずいた。

「賭場に踏み込むのが無理なら、伝蔵たちが、賭場から出てきたところを捕らえればいいのだ」

菊太郎が声高に言った。

その場にいた男たちの目が、菊太郎に集まった。

「親分の伝蔵をはじめ、長沢や子分たちが一日中、賭場に使われている家に籠《こも》っているはずはありません」

菊太郎はそう言って、すこし間を取った後、

「伝蔵や子分たちが、賭場をひらいてない日中、めしを食いに出掛けたり、女子供のいる家に帰ったりすることもあるはずです」

と、言い添えた。

「あの家を出たときに、捕らえるんだな」

隼人が訊いた。

「いくら用心しているとはいえ、飯を食わないわけにはいきません。街道沿いの飲み食いできる店に目を配れば、親分の伝蔵も子分たちも姿をあらわすはずです。そのとき、捕らえればいい」

菊太郎が言うと、その場にいた男たちがうなずいた。

「いずれにしろ、今夜は遅い。明日からだな」

隼人が、男たちに言った。

六

翌日の昼ごろ、菊太郎、隼人、天野の三人は、それぞれの手先を連れて、浅草橋を渡った先のたもとに集まった。橋のたもとと言っても、そこは神田川の岸際だった。茅町一丁目である。浅草橋は大勢の人が行き来しているので、通りからすこし離れないと、待ち合わせるのは無理なのだ。

「どこを探りやす」

利助が訊いた。

「まずは、賭場を見てみますか」

菊太郎が男たちに目をやって言った。

隼人たちは日光街道を北にむかって歩き、街道沿いにある笠屋《かさや》の脇の道に入った。賭場に使われている家が見えてきた。伝蔵たちが身を隠しているはずだ。

菊太郎たちは、家から半町ほど離れた路傍に足をとめた。

「家の近くに、子分たちの姿はないな」

隼人が言った。

「近付いてみますか」

菊太郎が言うと、その場にいた男たちがうなずいた。

菊太郎たちは通行人を装い、すこし間をとって歩いた。伝蔵たちが身を隠しているはずの家はひっそりとしていた。それでも、近付くとかすかに人声が聞こえた。その遊び人ふうの物言いから、伝蔵の子分たちらしいことが知れた。二、三人いるようだった。

菊太郎たちは家の前を通り過ぎ、半町ほど歩いてから路傍に足をとめた。

「いるのは、留守番らしい」

隼人が言った。

「伝蔵や子分たちは、めしを食いに家を出ているようです」

菊太郎が、隼人に目をやって言い、

「伝蔵の行き先が分かれば、捕らえることができます」

と、さらに続けた。

「そうだな」

隼人も、伝蔵を捕らえるいい機会だと思った。伝蔵は、こっそり出掛けているはずだ。昼めしを食いに大勢の子分を連れていくはずはない。連れていくとすれば、腕の立つ用心棒の長沢と側近の子分だけだろう。

そのとき、賭場に使われている家のほうを見ていた利助が、

「だれか、家から出てきやしたぜ！」

と言って、指差した。

見ると、遊び人ふうの男がひとり、家の戸口から通りの方に足早に歩いてくる。

「あの男をつかまえて、伝蔵の行き先を訊いてみやすか」

利助が声高に言った。

「そうだな」

隼人は、男が伝蔵の行き先を知らなかったとしても、何時《なんどき》ごろ帰るか、聞いているかもしれないと思った。伝蔵が帰るころ、賭場の近くで待ち伏せすることができる。

「あっしと綾次で、やつの前に出やす」

利助が言い、綾次とふたりで小走りに来た道を引き返した。

菊太郎たちも足を速め、遊び人ふうの男に近付いていく。

遊び人ふうの男は通りに出ると、日光街道の方へむかった。まだ、隼人たちに気付いていないようだ。

利助と綾次は男の脇を擦り抜けて前に出ると、すこし離れてから足をとめた。そして、道のなかほどに立った。

遊び人ふうの男は、前方に立ち塞《ふさ》がった利助と綾次を見ると、驚いて立ち止まった。そして、戸惑うような顔をしたが、ふいに引き返した。利助たちから逃げようとしたらしい。

だが、遊び人ふうの男は、動かなかった。小走りに近付いてくる隼人たちの姿を目にしたのだ。

「挟み撃ちか！」

男は叫びざま、左右に目をやった。だが、逃げ場がない。道の前後から隼人たちと利助たちが迫ってくる。道沿いには、小体《こてい》な店や仕舞屋《しもたや》などが並んでいた。

隼人は男に近付くと、刀を抜き、刀身を峰に返した。峰打ちにするつもりだった。

菊太郎も刀を抜いた。天野や利助たちは、十手を手にしている。

男は前に立った隼人から逃れようとして、踵を返した。そこへ菊太郎が踏み込み、刀を横に払った。

菊太郎は、男の胴を狙ったのだ。父隼人と何度も稽古を重ねて身につけた一瞬の太刀《た》捌《ちさば》きである。

ドスッ、という鈍い音がした。男が上半身を前に傾げさせ、苦しげな呻き声を上げた。菊太郎の峰打ちが、男の脇腹をとらえたのだ。

男は腹を押さえ、その場に蹲《うずくま》った。

「動くな！」

菊太郎が、手にした刀の切っ先を男にむけた。

男はその場に蹲ったままである。

「伝蔵は、どこに行った」

菊太郎は、肝心なことから訊いた。

男はいっとき苦しげに顔をしかめて口をとじていたが、

「め、めしを食いに行った」

と、声をつまらせて言った。逃げ場を失って、隠す気が薄れたようだ。

「どこにある店だ」

「か、街道沿いにある、蕎麦屋だ」

「店の名は」

「名は知らねえ。近くに、大松屋という笠屋がある」

「大松屋の近くか」

すぐに、菊太郎は蕎麦屋がどこにあるか分かった。菊太郎たちはここに来るおり、いつも大松屋の脇の道を通っていたのだ。

「伝蔵ひとりで、蕎麦屋に行ったわけではあるまい」

さらに、隼人が訊いた。

「長沢の旦那といっしょに……」

男が小声で言った。声の震えが、収まっている。脇腹の痛みが、薄らいだのかもしれない。

「長沢とふたりか」

「そうで」

「ふたりを捕らえるいい機会です」

菊太郎が、その場にいる男たちに目をやって言った。

七

菊太郎は、捕らえた男の監視を利助と綾次に頼み、隼人と天野とともに、日光街道に出た。大松屋は、すぐ近くにある。

「そこの蕎麦屋です」

菊太郎が指差した。

大松屋から二軒離れた所に蕎麦屋があった。

「行ってみよう」

隼人がそう言って、蕎麦屋に足をむけた。

ふいに、隼人の足がとまった。

「身を隠せ！」

隼人は、慌てて大松屋の脇に身を隠した。菊太郎と天野も、隼人につづいて大松屋の脇にまわった。

蕎麦屋から、伝蔵と長沢が姿を見せたのだ。ふたりは、菊太郎たちに気付かなかったらしく、何やら話しながら歩いてくる。

そのとき、伝蔵たちの姿を見た菊太郎が、街道に飛び出そうとした。

「待て!」

隼人が、菊太郎の肩に手をかけてとめ、

「人出の多い街道だと、逃げられる」

隼人は、ふたりが行き交う人の間に紛れ込んだら、捕らえるのは難しくなるとみた。

ふたりは隼人たちに気付かず、大松屋の脇の道に入った。賭場に帰るらしい。

隼人は伝蔵たちの姿が大松屋の脇に消えるのを待ち、

「尾けるぞ」

と、菊太郎と天野に声をかけ、街道に出た。

隼人たちが大松屋の脇の道に入ると、半町ほど前方に伝蔵と長沢の姿が見えた。ふたりは、何やら話しながら賭場のある方へ歩いていく。

「賭場に入る前に仕掛けよう」

隼人はそう言って足を速めたが、足音を立てないように歩いているので、なかなかふたりとの間が詰まらない。

そのとき、前を行くふたりの姿が見えなくなった。道が曲がっているところに入ったのだ。

「おれが、追いつきます」

そう言って、菊太郎が早足になった。

隼人と天野も、小走りになった。道の曲がっているところまで来ると、菊太郎とその前を行く伝蔵たちの姿が見えた。菊太郎との間が狭まっている。

ふいに、菊太郎が走り出した。

伝蔵と長沢が、足をとめて振り返った。ふたりは、走ってくる菊太郎だけに目を奪われているようだ。

「ひとりだ！　返り討ちにしてくれる」

長沢が叫んだ。

菊太郎は、長沢と伝蔵の目を背後から来る隼人たちから逸《そ》らすために、通りの脇にまわり込んだ。

長沢は菊太郎に体をむけ、

「ひとりでおれたちにむかってくるとは、いい度胸だ」

そう言って、手にした刀の切っ先をむけた。

「長沢！　観念しろ」

菊太郎が声を上げ、青眼《せいがん》に構えた。

菊太郎は気が昂っているらしく、刀の切っ先がかすかに震えていた。両腕に、力が入り過ぎているのだ。

そのとき、伝蔵が、

「町方が来る！」

と、叫んだ。近くまで来ている隼人と天野の姿を目にしたようだ。

長沢は隼人たちを目にすると、突然、イヤアッ！　と裂帛《れっぱく》の気合を発し、菊太郎にむかって斬り込んだ。

振りかぶりざま真っ向へ——。

唐突な仕掛けだったが、斬撃《ざんげき》に迅《はや》さと鋭さがあった。

咄嗟に、菊太郎は身を引いて長沢の斬撃をかわしたが、体勢をくずして後ろによろめいた。

長沢がさらに踏み込んで一太刀浴びせれば、菊太郎を仕留められたかもしれない。だが、長沢は踏み込まず、反転すると、抜き身を手にしたまま走り出した。逃げたのである。

これを見た伝蔵は、驚いたような顔をし、慌てて長沢の後を追って逃げようとした。

菊太郎が、伝蔵の前にまわり込み、

「逃がさぬ！」

と声を上げ、切《つ》っ先を伝蔵にむけた。

伝蔵は眉を吊り上げ、歯を剝《む》き出して、身を顫《ふる》わせている。自分を見捨てて逃げた長沢を見て、怒りが胸に突き上げてきたのかもしれない。

そこへ、隼人と天野が駆け寄った。

隼人は遠ざかっていく長沢に目をむけ、

「あやつ、親分も捨てて逃げたか」

と、顔をしかめて言った。

長沢の後ろ姿が遠ざかると、

「長沢は、賭場になっていた家に逃げ込んだのでしょうか」

天野が言った。

「いや、別の場所だな。長沢には、おれたちの手が、賭場になっている家にむけられていると分かっているはずだ」

隼人は、伝蔵に目をむけ、

「伝蔵、長沢が逃げた場所の心当たりはあるか」

と、訊いた。

伝蔵は虚空《こくう》を睨《にら》むように見据え、記憶をたどっているようだったが、

「ねえ。……あいつは、おれの手で殺してやりてえ」

と、顔をしかめて言った。

「いいや。長沢も、おれたちの手で始末する」

隼人はそう言った後、「今日のところは、八丁堀に帰ろう」と菊太郎と天野に言い、捕らえた伝蔵を連れて八丁堀にむかった。

菊太郎たちは組屋敷に帰る途中、南茅場町にある大番屋に立ち寄り、捕らえた伝蔵を仮牢《かりろう》に入れた。後は吟味にあたる与力の仕事である。

第六章　残党

一

「まだ、始末はつかぬ」

隼人が、菊太郎と天野に目をやって言った。

三人がいるのは、八丁堀にある長月家の組屋敷だった。頭目の伝蔵を捕らえて三日経《た》っていた。

陽《ひ》が高くなってから天野が長月家に姿を見せ、長月親子と庭の見える座敷で、話していたのだ。

「なんとしても、残る長沢を捕らえたいですね」

天野が、真剣な顔をして言った。

「長沢は、賭場《とば》になっていた家に、顔を出すようなことはないですか」

菊太郎が、隼人と天野に目をやって訊《き》いた。

「あの家に、姿を見せることはあるまい」

隼人は呟《つぶや》くような声で言った。

菊太郎たちは伝蔵を捕らえたが、長沢に逃げられた翌日、賭場になっている家に行ってみた。長沢が身を隠しているかもしれない、と思ったのだが、長沢の姿はなかった。長沢だけではない。賭場にいたと思われる子分たちの姿も消えていた。子分たちは、親分が町方に捕らえられたと知って、自分にも町方の手がまわると思ったらしい。それで、姿を消したのだ。

「福沢屋の裏手の家は、どうなっているかな」

天野が言った。

伝蔵は、賭場に寝泊まりするようになる前、子分たちと福沢屋の裏手の家に身を隠していた。長沢も、その家に住んでいた。

「念のため、探ってみるか」

隼人は、長沢にとって福沢屋の裏手の家は、いい隠れ家ではないかと思った。

「父上、これから行きますか」

菊太郎が、身を乗り出して言った。

「そうだな」

菊太郎は、八丁堀の組屋敷にくすぶっていないで、長沢を捕らえたいと意気込んでいたのだ。

菊太郎たち三人は、供を連れずに組屋敷を出た。様子を見るだけのつもりだったので、あえて岡っ引きや下っ引きに連絡しなかった。

三人は日本橋川にかかる江戸橋を渡り、入堀沿いの通りを経て、日光街道に入った。そして、神田川にかかる浅草橋を渡って茅町一丁目に出た。その道筋は何度も行き来していたので、見慣れた光景がつづいている。

菊太郎たちは神田川沿いの通りをいっとき歩き、福沢屋が見えると路傍に足をとめた。

「福沢屋は変わりないようだ」

隼人が言った。

店の入口に、暖簾《のれん》が出ていた。すでに客がいるらしく、二階の座敷から嬌声《きょうせい》や男の談笑する声などが聞こえた。

「裏手にある伝蔵の隠れ家は、どうでしょう」

菊太郎が言うと、

「どうだ、三人で行ってみないか」

隼人が言った。

「行きましょう」

天野が乗り気になった。

菊太郎、隼人、天野の三人は、福沢屋の脇の小径《こみち》をたどって裏手にむかった。そして、裏手にある家の近くまで来て足をとめた。

菊太郎たちは、つつじの植え込みの陰に身を隠し、家のなかの様子をうかがった。

「だれかいる！」

隼人が声を殺して言った。

家のなかで、物音がした。障子を開け閉めするような音である。つづいて、戸口近くで足音がして板戸がひらいた。

姿を見せたのは、男の年寄りだった。下働きらしい。男は家から出ると、福沢屋の脇の小径に足をむけた。

「あの男に、訊いてきます」

菊太郎が言い、年寄りが福沢屋の脇の小径に出るのを待って、後を追った。

菊太郎は年寄りに何やら声をかけ、肩を並べて歩き出した。そして、年寄りと一緒に表通りに出た。

菊太郎は表通りに出ると、足をとめた。ひとりになった年寄りは、神田川沿いの道を柳橋の方に歩いていく。

菊太郎は、足早に隼人たちのいる場にもどってきた。

「何か知れたか」

すぐに、隼人が訊いた。

「知れました。……長沢はこの家で寝泊まりしているようです」

菊太郎が、年寄りが出てきた家を指差して言った。

「今も、いるのか」

隼人が身を乗り出して訊いた。

「いないようです。年寄りの話だと、長沢は朝のうちに家を出て、まだもどらないそうです」

「どこへ行ったか、分かったのか」

「行き先までは知らないようです。……ただ、年寄りの話だと、遊び人ふうの男が迎えに来て、長沢はその男と一緒に家を出たようです」

菊太郎が言った。

「なに、遊び人ふうの男が迎えに来ただと」

隼人が聞き返した。

「年寄りは、そう話していました」

「その遊び人は、伝蔵の子分だった男ではないか」

「おれも、伝蔵の子分とみました」

菊太郎が、はっきりと言った。

そのとき、菊太郎と隼人のやり取りを聞いていた天野が、

「長沢がむかった先は、やはり賭場かもしれませんよ」

と、顔を厳しくして言った。

二

隼人はいっとき虚空《こくう》に目をむけていたが、

「一旦は逃げたほかの子分たちも、また戻ってきて賭場になっている家を塒《ねぐら》にしているのかもしれん」

と、語気を強くして言った。

「おれもそんな気がします」

菊太郎が言った。

「どうします」

菊太郎が、隼人と天野に目をやって訊いた。

「これから、賭場に行ってみるか」

隼人が言い、菊太郎と天野がうなずいた。

菊太郎、隼人、天野の三人は、つつじの植え込みの陰から出ると、福沢屋の脇の小径をたどって表通りにもどった。

菊太郎たちは来た道を引き返し、日光街道に出ると、北に足をむけた。そして、街道沿いにある大松屋の脇の道に入った。

菊太郎たちは、賭場だった家の近くまで何度も足を運んでいたので、この辺りの道筋は承知していた。

大松屋の脇の道をいっとき歩くと、前方に賭場に使われていた家が見えてきた。その家が、伝蔵が貸元をしていた賭場である。

菊太郎たちは路傍に足をとめ、その家に目をやった。家の近くに、人影は見えなかった。

「家に、だれかいる!」

ふいに、菊太郎が昂《たかぶ》った声で言った。

「いるな」

隼人が言った。

家から、かすかに人声が聞こえたのだ。男の声であることは分かったが、話の内容までは聞き取れなかった。

「近付いてみよう」

隼人が言い、通行人と見せるために、三人はすこし間《ま》をとって歩いた。

家の前まで来ると、男の話し声がはっきり聞こえた。遊び人やならず者を思わせる言葉遣いである。

隼人たちは更に歩き、家から半町ほど離れたところで路傍に足をとめた。

「家に、何人かいたな」

隼人が、菊太郎と天野に目をやって言った。

「一度逃げた子分たちが戻ったにちがいありません」

天野が言った。

「おれも、そうみた」

「そのなかに長沢はいるかな」

「分からぬが、武家言葉は聞こえなかったな」

隼人が、家に目をやりながら言った。

「どうします」

菊太郎が、隼人と天野に目をやって訊いた。

「しばらく、様子を見るか」

隼人が言い、三人はいつもの樫《かし》の樹陰に身を隠した。

菊太郎たち三人は樹陰から家に目をやっていたが、だれも出てこなかった。

「出てこないな」

そう言って菊太郎が、生欠伸《なまあくび》を噛《か》み殺したときだった。

家の戸口に、男がひとり姿を見せた。遊び人ふうの男である。男は家から離れて通りに出てきた。そして、日光街道の方にむかった。

「あの男を、捕らえるぞ！」

隼人が言った。

すると、菊太郎が走り出した。若いだけあって、走るのは速い。隼人と天野は、後ろからついていく。

菊太郎は男の背後に迫ると、道の脇に身を寄せた。男の脇を通り抜けて、前に出ようとしたのだ。

男が足をとめて振り返った。男は菊太郎の姿を目にしたが、咄嗟《とっさ》に町方とは思わなかったらしい。若侍だったし、八丁堀の同心を思わせるような格好ではなかったからだ。

菊太郎は男の前に出ると、足をとめた。そして、男の行く手に立ち塞《ふさ》がった。

「て、てめえ！　町方か」

男は、そこでようやく叫び声を上げた。

菊太郎は無言だった。そして、懐に忍ばせてきた十手を取り出した。菊太郎は男を斬らずに、生きたまま捕らえるつもりだった。

そのとき、男が振り返った。背後から近付いてくる足音を耳にしたのだ。

隼人と天野が、背後に迫っている。

「つ、摑《つか》まってたまるか！」

男は叫んだ。そして、菊太郎の脇を走り抜けようとした。

「逃がさぬ！」

菊太郎は声を上げ、男の前に踏み込んだ。そして、手にした十手を男の肩先を狙って振り下ろした。

ギャッ！

と、悲鳴を上げ、男がよろめいた。

菊太郎の十手が、男の首根の辺りを強打したのだ。

「動くな！　動くと、頭をぶち割るぞ」

菊太郎が叫んだ。いつになく、熱《いき》り立っている。

男は右手で首根を押さえ、苦しげな呻《うめ》き声を上げている。そこへ、隼人と天野が走り寄った。

「こやつを、どこかへ連れ込もう」

隼人が通りの先に目をやって言った。通りに立ったまま、男から話を聞くわけにはいかなかったのだ。

「そこの家の脇は、どうです」

天野が前方を指差した。

すこし離れた場所に、表戸をしめたままの古い家があった。空地らしく、ひっそりと静まりかえっている。

「家の脇に連れていこう」

隼人が言った。

菊太郎、隼人、天野の三人は、捕らえた男を家の脇に連れていった。

隼人が男の前に立ち、

「おまえの名は」

と、語気を強くして訊いた。

男は戸惑うような顔をしたが、

「元造《もとぞう》でさァ」

と、小声で名乗った。

「元造、いま、賭場から出てきたな」

隼人は、家ではなく賭場と口にした。賭場を探っていることを元造に分からせるためである。

「へえ……」

元造は首を竦《すく》めた。

「賭場に、長沢はいたか」

隼人は長沢の名を出して訊いた。

元造は、驚いたような顔をして隼人を見た。いきなり、長沢の名を出したからだろう。

「長沢はいるのか！」

隼人が語気を強くして訊いた。

「い、いやせん」

元造が声をつまらせて言った。

「長沢はどこにいる！」

隼人が、畳み掛けるように訊いた。

「い、情婦《いろ》のところでさァ」

「情婦は、どこにいる」

「ふ、福井町にある小料理屋と聞いてやす」

元造は、隠さず話した。すこし話したことで、隠す気が薄れたようだ。

「福井町のどこだ」

すぐに、隼人が訊いた。福井町は一丁目から三丁目まである広い町だった。福井町と分かっただけでは、探すのが難しい。

「三丁目で、近くに稲荷《いなり》がありやす」

「三丁目か」

「三丁目と分かれば突き止められそうですね」

と菊太郎が前のめりになった。

三丁目は、それほど広い町ではなかった。それに、稲荷を目当てに行けば、小料理屋は突き止められるはずだ。

ひととおり聞き終えて、男たちが黙っていると、

「あっしを帰《けえ》してくだせえ。……博奕《ばくち》からは、足を洗いやす」

元造が、隼人を上目遣いに見て言った。

「しばらく、賭場から離れて暮らすんだな」

隼人はそう言ったが、元造を解き放つつもりはなかった。町奉行所に送られて、相応の処罰を受けることになるだろう。

三

菊太郎たちは、八丁堀にもどるまでの間、捕らえた元造を福井町一丁目にある番屋に預けた。そこは、以前安五郎と泉吉から話を聞いた番屋である。

まず、菊太郎たち三人は、福井町三丁目にあるという稲荷を突き止めるつもりだった。三丁目に入り、通りかかった地元の住人らしい男に菊太郎が、近くに稲荷はないか、訊いた。

「稲荷なら、この道を北にむかって行けばすぐでさァ」

男が話したことによると、北にむかって一町ほど歩くと一膳めし屋があり、その店の脇の道に入ると、前方に稲荷があるという。

「手間を取らせたな」

菊太郎が男に礼を言い、三人はその場を離れた。

菊太郎たちは、男から聞いたとおり、北にむかって一町ほど歩いた。

「そこに、一膳めし屋があります」

菊太郎が、指差して言った。

見ると、一膳めし屋の脇に細い道がある。その道にも行き来する人の姿があり、八百屋、飲み屋、下駄屋《げたや》などの小体《こてい》な店が並んでいた。

菊太郎たちは、一膳めし屋の脇の道に入った。

「稲荷がある！」

天野が声高に言った。

道沿いに、赤い鳥居があり、その先に、稲荷の祠《ほこら》があった。祠のまわりに松や樫などの常緑樹が、植えられている。

「そこに、小料理屋らしい店があります」

天野が指差した。

稲荷の祠の手前に、小体《こてい》な店があった。店先の掛看板に「御料理、御酒」と書いてあった。

「この店だ」

隼人が小声で言った。

「どうします」

菊太郎が訊いた。

「ともかく、店に近寄ってみよう」

隼人はそう言って、先に立った。

菊太郎、天野とつづき、三人は小料理屋にむかった。そして、店の前まで行くと、歩調を緩めて店内の様子を窺《うかが》った。

何人かの男と、女の話し声が聞こえた。男はいずれも町人らしい物言いだった。女は女将《おかみ》ではあるまいか。

菊太郎たちは、小料理屋からすこし歩いて路傍に足をとめた。

「客がいるようです」

菊太郎が言った。

「武士らしい声は、聞こえませんでしたね」

天野が言った。

「長沢がいるかどうか分からんな。店に踏み込んで、探ってみるわけにはいかないし
……」

隼人は語尾を濁した。

三人とも、妙案はなく、店先に目をやったまま口をとじている。

そのとき、今度は店の戸口近くで、男と女の声がした。客と女将らしい。

「おい、出てくるぞ」

隼人が店先に目をやって言った。

すると、店の格子戸《こうしど》がひらいた。姿を見せたのは、店の女将と思われる年増《としま》と職人ふうの男だった。

ふたりは、店の入口で何やら話していたが、

「また来るぜ」

と、男が声をかけ、店先から離れた。男は、菊太郎たちがいる場と反対の方向に歩いていく。

女将らしき女は、店の入口で男の後ろ姿に目をやっていたが、男の姿が遠ざかると、踵《きびす》を返して店に入った。

「あの男に、訊いてきます」

菊太郎が言い、男の後を追った。

菊太郎は男に追いつくと、

「すまぬ。ちと、訊きたいことがあるのだ」

そう、声をかけた。

男は足をとめて、菊太郎を見た。顔に、戸惑いと恐れの色がある。相手はまだ若いが、武士である。因縁でもつけられて、試し斬りにでもされるのではないか、と思ったのかもしれない。

「歩きながらでいい」

菊太郎は、そう言って歩き出した。

男は不安そうな顔をして、菊太郎の後についてくる。

「いま、そこの小料理屋から出てきたな」

菊太郎が背後に目をやって言った。

「一杯《いっぺえ》やりやした」

男が首を竦めて言った。

「女将はいたか」

菊太郎は男に身を寄せ、小声で訊いた。

「いやした」

男は上目遣いに菊太郎を見て言った。顔の不安そうな表情が消え、薄笑いが浮いた。

男は胸の内で、「このお侍は、女将に気があって訊いたらしい」と思ったのかもしれない。

「それで、女将の他に男がいなかったか」

さらに、菊太郎が訊いた。

男は菊太郎に身を寄せ、

「いやした」

と、小声で言った。

「いたか。……武士では、なかったか」

「よく御存じで。店の奥の小座敷に、二本差しがいやしたぜ」

男が上目遣いに菊太郎を見て言った。まだ、口許《くちもと》に薄笑いが浮いている。

「その武士、女将の情夫《いろ》ではないか」

菊太郎は、さらに声をひそめた。

「そうでさァ」

「やはり、そうか。女将も隅に置けないな」

そう言って、菊太郎は足をとめた。

「旦那、およしは、諦めた方がいいですぜ。下手《へた》に手を出すと、女将の情夫に斬り殺されやす」

男はそう言うと、薄笑いを浮かべたまま足を速めて菊太郎から離れた。女将の名は、およしらしい。

四

菊太郎は隼人と天野のそばに戻るなり、

「小料理屋に、長沢はいるようです」

と、声高に言った。

「やはり、情婦《いろ》のところに身を隠していたか」

隼人が、小料理屋に目をやって言った。

「店に踏み込みますか」

天野が訊いた。

「いや、店の外に連れ出そう。狭い店のなかでやり合うと、思わぬ不覚をとることがあるからな」

　隼人が言うと、

「おれが、連れ出します」

　菊太郎が身を乗り出して言った。

「うまく連れ出せるか」

「何とかやってみます」

　菊太郎が、顔を引き締めて言った。

「おれと、天野は店の戸口近くにいる。店のなかで、長沢と斬り合いになる前に、外へ飛び出せ」

　隼人が、念を押すように言った。

「分かりました」

　菊太郎は顔を引き締め、ひとりで小料理屋の格子戸の前に立った。すると、店のなかから、女の甘えるような声と聞き覚えのある男の声が聞こえた。

　菊太郎は格子戸をあけた。

　店のなかは、薄暗かった。土間の先に、小上がりがあった。そこに、年増と武士の姿があった。

武士は長沢である。年増が女将のおよしらしい。長沢は猪口《ちょこ》を手にして、およしに酒を注《つ》いでもらっていた。

長沢は店に入ってきた菊太郎に顔をむけ、いっとき何者か探るような目をして見つめていたが、

「若造、八丁堀の者だな」

と、語気を強くして言った。

長沢のそばにいたおよしは、銚子《ちょうし》を手にしたまま驚いたような顔をして菊太郎を見ている。

「長沢、外へ出ろ！」

菊太郎が、声高に言った。

「ひとりか」

長沢は、脇に置いてあった大刀を引き寄せながら訊いた。

「おぬしとやり合うのは、おれだ」

菊太郎は、外に隼人と天野がいることは伏せておいた。

「おれに、斬られに来たのか」

長沢は、大刀を手にして立ち上がった。

「おまえさん！　何をするんだい」

およしが、引き攣《つ》ったような声で訊いた。

「およし、ここで待っていろ。この男を始末して、すぐにもどる」

長沢はそう言って、店の入口の方に足をむけた。

菊太郎は長沢に体をむけたまま後ずさり、入口まで来ると、外に飛び出した。そして、間合を広く取れるように入口から離れた。

入口の近くにいた隼人と天野は、小料理屋の両脇に身を隠した。長沢が逃げようとしたら、飛び出して捕らえるつもりだった。

菊太郎は店の入口から五間ほど間をとって、路傍に立った。すこし遅れて、店から出てきた長沢は、菊太郎と対峙《たいじ》した。そのとき、長沢は左右に目をやり、

「何人もで、騙《だま》し討ちか！」

と、叫んだ。隼人と天野の姿を目にしたのだ。

「長沢、観念しろ。残るのは、おぬしひとりだ」

隼人が声をかけた。

「おのれ！　皆殺しにしてやる」

長沢が憤怒《ふんぬ》に顔を染めて言った。

「長沢、かかってこい！」

菊太郎は青眼《せいがん》に構え、切っ先を長沢の目にむけた。その切っ先が、かすかに震えている。真剣勝負の経験がまだまだすくない菊太郎は、遣い手の長沢と対峙して気が昂《たかぶ》り、刀を手にした両腕に力が入り過ぎているのだ。

「若造、手が震えているぞ。それで、人を斬る気か」

長沢が揶揄《やゆ》するように言った。

隼人は菊太郎の構えと手にした刀の震えを目にし、

……このままでは、菊太郎が斬られる。

とみて、素早く長沢の左手にまわり込んだ。

「長沢、おれが相手だ！」

隼人は叫びざま、一歩踏み込んだ。

この動きに、長沢が反応した。

イヤアッ！

突如、長沢が裂帛《れっぱく》の気合を発し、隼人に体を向けて刀を袈裟《けさ》に払った。素早い太刀《たち》捌《さば》きである。

咄嗟に、隼人は身を引きざま腕を伸ばし、長沢の胸の辺りに突きを見舞った。

袈裟と突き——。

隼人の小袖《こそで》が肩から胸のあたりにかけて裂け、あらわになった肌に血の線がはしった。だが、浅手だった。皮肉を浅く裂かれただけである。

一方、隼人の切っ先は、長沢の胸を突き刺していた。

長沢は後ろに身を引いた。切っ先の刺さった胸の辺りから、血が流れ出ている。心ノ臓を突き破ったわけではないが、太い血管《ちくだ》を斬ったらしい。

隼人と長沢は、三間ほどの間合をとってふたたび対峙した。

「長沢、勝負あったぞ！」

隼人が声をかけた。

「まだだ！」

長沢は叫びざま、いきなり斬り込んできた。

青眼の構えから振りかぶりざま、真っ向へ——。

牽制《けんせい》も、気攻めもない唐突な仕掛けだった。

咄嗟に、隼人は右手に体を寄せて長沢の斬撃《ざんげき》をかわし、刀を横に払った。一瞬の動きである。

ザクリ、と長沢の小袖の腹部が横に裂けた。

長沢は手にした刀を取り落とし、裂けた腹部を両手で押さえた。指の間から、血が赤い筋になって流れ落ちている。

長沢は腹部を両手で押さえたまま苦しげな呻き声を上げ、その場にうずくまった。

……長沢の命は、長くない。

と、隼人はみた。

「止《とど》めを刺してくれる！」

叫びざま、隼人は踏み込み、手にした刀を袈裟に払った。

切っ先が、うずくまっている長沢の首をとらえた。

次の瞬間、長沢の首から血が迸《ほとばし》り出た。

長沢は血を撒《ま》きながら、その場に横たわった。首から流れ出た血が、赤い布を広げていくように地面を染めていく。

隼人は血刀を引っ提げて、長沢の脇に立った。菊太郎と天野が隼人のそばに来て、息の音の聞こえなくなった長沢に目をやった。

「これで、始末がついた」

隼人が、菊太郎と天野に言った。

そのとき、小料理屋の入口近くで、女の悲鳴が聞こえた。

隼人たちが目をやると、店の前に、長沢の情婦のおよしが身を顫《ふる》わせて立っていた。

およしは、長沢が斬られたところを見たらしい。

「あとは、女にまかせよう」

隼人が言った。

菊太郎、隼人、天野の三人は、足早に小料理屋の前から離れた。

五

「菊太郎、打ち込んでこい！」

隼人は手にした木刀を菊太郎にむけた。

「行きます！」

菊太郎は踏み込みざま、青眼から真っ向へ打ち込んだ。

隼人は一歩、身を引きざま、木刀を袈裟に払った。一瞬の太刀捌きである。

カッ、と木刀を打つ音がし、ふたりの手にした木刀が弾《はじ》き合った。

次の瞬間、ふたりは後ろに跳んだ。ふたりとも、相手の二の太刀を防ごうとしたのだ。

ふたりは大きく間合をとり、菊太郎は青眼に、隼人は八相《はっそう》に構えた。

「菊太郎、いい打ち込みだったぞ」

隼人が声をかけた。

「遣い手を相手にしても大丈夫なように、まずはもっと自信をつけることだ」

「はいっ。もう一手、いきます！」

菊太郎が声高に言った。

「オオッ！」

隼人は、八相に構えたまま声を上げた。

ふたりがいるのは、八丁堀にある長月家の組屋敷の庭だった。菊太郎がひとりで、木刀の素振りをしていると、隼人が姿を見せ、

「菊太郎、おれを相手に勝負するか」

と、声をかけ、ふたりで稽古を始めたのだ。

それから、隼人と菊太郎が小半刻（三十分）ほど稽古をつづけると、縁側に面した障子があいて、おたえが顔を出した。

「おまえさん！　天野さまが、見えましたよ」

おたえが、大きな声で言った。ふたりの木刀を打ち合う音で、隼人に聞こえないと思ったらしい。

菊太郎と隼人は木刀を下ろして、おたえに目をやり、

「座敷に通してくれ。稽古は、これまでだ」

隼人が、声を大きくして言った。

おたえは、すぐに座敷にもどった。そして、廊下を忙《せわ》しそうに歩く足音がした。おたえが、戸口にむかっているらしい。

隼人と菊太郎は縁側にもどり、手拭いで顔の汗を拭いてから座敷に入った。

ふたりが座敷に入って間もなく、障子があいて、おたえと天野が姿を見せた。天野は黒羽織《くろばおり》に小袖を着流していた。市中巡視からの帰りかもしれない。

天野は隼人と菊太郎が、稽古着姿であるのを目にし、

「稽古の邪魔でしたか」

と、戸惑うような顔をして訊いた。

「いや、そろそろやめようとしていたところだ」

隼人がそう言うと、脇に座したおたえが、

「茶を淹《い》れますね」

と、言い残し、慌てた様子で座敷から出ていった。

おたえの廊下を歩く音が遠ざかると、

「天野、何かあったのか」

と、隼人が訊いた。

「今日、奉行所で、吟味《ぎんみ》方《かた》の与力《よりき》の増沢《ますざわ》さまと話す機会がありましてね。捕らえた伝蔵や安川たちがどうなったか、お訊きしたんです」

天野が言った。

増田屋に押し入った伝蔵たちを捕らえてから、一月の余が経っていた。この間、吟味方の増沢が、捕らえた伝蔵や安川たちの吟味にあたっていたのだ。

「それで、どうなった」

隼人が訊いた。

菊太郎は、身を乗り出すようにして耳をかたむけている。父とともに捕らえた伝蔵たちがどう裁かれるか、気になっていたのだ。

「死罪は、免れないようです」

天野が声をひそめて言った。

死罪は、斬首の刑だった。牢屋《ろうや》同心が、罪人の首を落とすのである。

「そうだろうな」

隼人がつぶやいた。隼人も胸の内で、伝蔵たちの死罪はまぬがれないとみていた。

伝蔵たちは増田屋に押し入り、手代の房次を殺して、大金を奪ったのである。それだけではない。やくざの親分として、賭場をひらいていたのだ。

そのとき廊下を歩く足音がして障子があいた。

姿を見せたのは、おたえである。おたえは、湯飲みを載せた盆を手にしていた。隼人たち三人に、茶を淹れてくれたらしい。

おたえは隼人の脇に座した後、湯飲みを手にして天野の側に膝を進め、

「粗茶ですけど」

と、小声で言って、天野の膝先に湯飲みを置いた。

おたえは隼人と菊太郎の膝先にも湯飲みを置くと、隼人の脇に来て座りなおした。どうやら、おたえは、男たちの話にくわわるつもりらしい。

隼人は膝先に置かれた湯飲みで喉を潤した後、

「いまな、事件の始末がついたので、しばらくはのんびりしたい、とふたりに話していたところだ」

と、頭に浮かんだことを口にした。

「此度《こたび》の件では、何度も遠方まで出掛けましたからね。……朝は暗いうちに出たり、夜遅く帰ったりで、それがしの家の者も、ずいぶん心配したようです」

天野が言った。

「そうですよ。うちでは男ふたりが朝から家を出て、夜になっても帰ってこないので、心配で、心配で……」

おたえが、涙声で言った。このところ、菊太郎もしばらく隠居していた隼人も朝から出掛け、夜になっても帰らない日もあったので、心配で眠れなかったのであろう。

隼人と菊太郎は肩をすぼめて座っていたが、

「天野、どうだ。家の者を連れて、近くの料理屋にでも行かないか。事件の片がついたのだ。それに、まだまだこれからだが、久しぶりに探索に加わり、菊太郎の仕事ぶりを見て安心した。またいろいろと教えてやってくれ」

と、天野に目をやって言った。

すると、天野が返事をする前に、

「行きましょう。わたし、近くに、おいしい料理屋さんがあるのを知ってるの」

と、おたえが嬉《うれ》しそうな顔をして言った。

その場にいた男三人は、苦笑いを浮かべてうなずいた。

本書は時代小説文庫（ハルキ文庫）の書き下ろし作品です。

時代小説文庫
と 4-40

初陣《ういじん》 新剣客同心親子舟《しんけんかくどうしんおやこぶね》

著者 鳥羽《とば》 亮《りょう》

2020年11月18日第一刷発行

発行者 角川春樹

発行所 株式会社 角川春樹事務所
〒102-0074 東京都千代田区九段南2-1-30 イタリア文化会館

電話 03(3263)5247[編集] 03(3263)5881[営業]

印刷・製本 中央精版印刷株式会社

フォーマット・デザイン&シンボルマーク 芦澤泰偉

ISBN978-4-7584-4373-9 C0193

http://www.kadokawaharuki.co.jp/[営業]
fanmail@kadokawaharuki.co.jp[編集] ご意見・ご感想をお寄せください。